KENNEDY ET MOI

Samuel Polaris va mal, très mal.

S'il achète un révolver, s'il déteste ses enfants, et décide de consulter un oto-rhino qui se trouve être l'amant de sa femme, il ne faut voir aucun lien logique entre ces trois impulsions, mais bien plutôt le signe de son profond déséquilibre.

Et si, un peu plus tard, il mord sauvagement le dentiste qui vient de l'opérer, c'est sans doute qu'il ne contrôle plus son agressivité.

Enfin, lorsqu'il décide d'arrêter brutalement sa psychothérapie, aucun doute n'est permis : Samuel Polaris est un grand dépressif en phase maniaque.

A moins que...

A moins que ce ne soient les autres, les gens « normaux », qui aient basculé dans une sorte de folie, avec leurs plans de carrières, leurs adultères minables, leur prétention, leur incompétence. En se rebellant contre eux, Polaris ferait alors preuve de la seule vertu qui lui reste : la dignité.

Jean-Paul Dubois est l'auteur d'un essai (Éloge du gaucher), *de six romans et de deux recueils de nouvelles. Il est journaliste au* Nouvel Observateur.

Jean-Paul Dubois

KENNEDY
ET MOI

ROMAN

Éditions du Seuil

TEXTE INTÉGRAL

ISBN 2-02-032365-6
(ISBN 2-02-028539-8, 1ʳᵉ publication brochée)

© Éditions du Seuil, janvier 1996

Son plus grand problème, c'est sans doute de deviner où, et à quel moment de la journée, la vie acceptera de se laisser prendre pour une plaisanterie. Et de savoir si ce sera une bonne ou une mauvaise plaisanterie.

NORMAN MACLEAN

1

Hier, j'ai acheté un revolver. Cela me ressemble bien peu. Je n'en ai parlé à personne. Je me demande d'ailleurs qui cela aurait pu intéresser.

En entrant dans le magasin, je n'avais pas fixé mon choix. J'ai seulement expliqué au vendeur que je voulais quelque chose de simple et de facile à manier. Il m'a montré un Colt 45. Avec cette arme de qualité, disait-il, je serais vraiment en sécurité. Il m'a tendu l'objet et la crosse rugueuse s'est naturellement logée dans le creux de ma main. J'ai tout de suite eu l'impression d'empoigner un moignon familier. Reposant l'automatique sur le comptoir de verre, les yeux baissés, j'ai dit au marchand : « Je le prends. »

Déçu par une décision aussi rapide, qui le privait d'exercer toutes ses compétences, l'homme avait néanmoins tenu à m'offrir une boîte de balles. Ce geste m'avait mis mal à l'aise.

Mais, sitôt le Colt rangé dans le tiroir de mon bureau, mon trouble avait disparu. Je m'étais senti bien. En paix et tellement calme. C'était comme se retrouver chez soi après un long voyage. J'avais envie de ce revolver. Depuis longtemps. Mais je ne me sentais pas capable d'entrer dans un magasin et de formuler calmement ma demande. Acheter une arme, quelle qu'en soit la raison, est toujours un acte compliqué et quelque peu dégradant. Ce Colt n'est pas destiné à me défendre. Au contraire.

Disons qu'il représente pour moi une alternative acceptable.

Ce matin, j'ai rempli le chargeur de ses sept balles avant de remettre l'arme à sa place.

Je vis pour ainsi dire seul, replié sur moi-même. J'ai fort peu de rapports avec ma femme et mes trois enfants. Il me semble que nous ne partageons plus la même existence, que nous n'avons aucun avenir en commun. Il y a bien longtemps que nous ne formons plus ce que l'on appelle une famille. Au fil des années, nos sentiments se sont délités, et nous sommes éloignés les uns des autres sans pour autant avoir la lucidité ou le courage de nous séparer. Aujourd'hui encore, réunis dans la même maison, singeant l'image et les habitudes du troupeau, nous mangeons ensemble à heures fixes. Le reste du temps, nous nous ignorons, comme des gens dont la seule dignité consisterait à faire semblant de ne pas voir ce qu'ils sont devenus.

Je n'ai jamais véritablement travaillé. En tout et pour tout, durant mon existence, j'ai bâti une maison et écrit dix livres, ce qui ne témoigne pas d'une activité trépidante. J'ai entamé toutes ces tâches convaincu que je ne vivrais pas assez longtemps pour les mener à leur terme. Je me suis souvent posé bien des questions inutiles. Je n'ai jamais cru en quoi que ce soit.

Mes récits m'ont régulièrement rapporté un revenu décent. Seule la nécessité de nourrir ma famille m'a poussé à m'asseoir devant ma machine. Lorsque nos finances étaient au plus bas, je m'installais devant mon clavier et je racontais ce à quoi ressemblait ma vie au moment où j'écrivais.

Oui, en d'autres temps, je m'attelais à une histoire sans faire de manières. Un mois plus tard, je brisais ma chaise de travail à coups de hache, comme chaque fois que je terminais un livre. Ensuite, j'allais dans le jardin pour en brûler les morceaux. Et en regardant la fumée partir vers le ciel, j'allumais une cigarette.

Avec insouciance, j'ai accompli ce rituel à dix reprises.

Il y a deux ans que je suis assis sur le même siège.

Je n'en éprouve aucun regret, aucune tristesse, aucun remords. Je n'ai jamais tenu l'écriture pour une activité noble. Je pourrais m'expliquer longuement là-dessus, mais ce serait peine perdue.

Mes ressources financières sont devenues quasi inexistantes. Je vis aux crochets de ma femme. Elle me doit bien cela.

Ces circonstances, l'inconsistance de mes journées, le malaise que m'inspire la vue de mon corps m'ont convaincu que je devais acquérir cette arme. J'ignore quand je m'en servirai ni même si, un jour, je l'utiliserai, mais le Colt est là, à portée de main.

J'ai quarante-cinq ans et je ressens cette pénible impression de n'avoir plus aucune prise sur la vie. J'ai fait fausse route, je me suis trompé quelque part. En fondant une famille. En écrivant. En m'habillant n'importe comment. En arrêtant de fumer.

Fumer m'a toujours procuré un plaisir indicible. Je n'ai absolument rien à reprocher au tabac. Il m'a épaulé durant tant d'années. Par-dessus tout, j'aimais me relever au milieu de la nuit et allumer une cigarette dans le noir. Je sentais alors la vie s'insinuer en moi, le bonheur se glisser entre la peau et l'os. A ces moments, je savais ce que je valais et ce dont j'étais vraiment fait.

Curieusement, mes ennuis ont commencé lorsque j'ai décidé de devenir abstinent.

Je m'appelle Samuel Polaris. Mon nom ne doit pas vous dire grand-chose. Dans la profession, on m'a toujours considéré comme un auteur sympathique mais secondaire. Quelqu'un de lisible mais de mineur. Un saisonnier de la littérature. Je n'avais pas à me plaindre de cette situation, d'autant que, dans son ensemble, la critique me ménageait. Jusqu'au jour où, invité d'une émission littéraire, en direct, à la télévision, j'ai refusé de réagir aux questions que l'on me posait. Je n'avais pas prémédité cette attitude. Simplement, lorsque le présentateur s'est adressé à moi, j'ai marqué un temps d'hésitation avant de répondre. Séduit par ce vide, j'ai soudain senti que je devais en rester là et retenir mes

phrases comme un plongeur sous-marin bloque sa respiration. J'ignore encore pourquoi je me suis comporté
ainsi, mais, ce jour-là, moi qui suis en permanence
hanté par le doute, je sais que j'ai fait preuve de dignité.
Devant ces caméras, face à tous ces gens, au milieu
d'une pareille machinerie, mon silence était une forme
d'obscénité. J'étais assis sur mon siège, immobile,
calme, buté, et je laissais fondre les mots dans ma bouche. Au cours de cette longue apnée, il m'a semblé
que mon père, mort bien des années auparavant, était
à mon côté et m'encourageait.

Lorsque toutes les tentatives pour me faire desserrer
les mâchoires eurent échoué, il se trouva quelqu'un
d'assez lucide pour proposer d'interrompre l'émission.
C'est ce moment que je choisis pour sortir de mon
mutisme. Je me levai comme un homme qui s'apprête
à faire une déclaration et poussai un cri interminable,
un cri terrifiant qui remonta de mon ventre. Ensuite,
je ramassai mes affaires et sortis sans bruit.

Depuis cet épisode, je n'ai plus écrit une ligne ni
rencontré un quelconque représentant de ce métier.

Je suis fier de m'être tu et d'avoir hurlé.

Tout le monde ne peut pas en dire autant.

A l'époque, ma famille n'a pas compris une telle
attitude. Elle n'avait pas davantage prêté attention à
cette lassitude qui s'était emparée de moi durant toutes
ces années.

Depuis mon adolescence, je n'ai rien accompli
d'utile ni de probant, rien qui justifie le simple fait de

m'être levé tous les matins. Je n'ai jamais cru en moi, et pas davantage en mon travail.

Il est quinze heures et je marche à pied sur le chemin de la maison. Je pense au goût du tabac.

Je dois prendre l'habitude de fermer à clé le tiroir de mon bureau. Par précaution. Si d'aventure quelqu'un tombait sur ce Colt, je ne tiens pas à expliquer les raisons qui m'ont poussé à l'acquérir. A vrai dire, chacun, dans cette maison, est bien trop occupé à préserver ses petits secrets pour céder à la tentation de fouiller dans mes affaires. Par exemple, Anna, ma femme, déploie depuis trois ans des efforts constants et passablement maladroits afin de dissimuler sa liaison avec Robert Janssen, un oto-rhino-laryngologiste qui travaille dans la même clinique qu'elle.

Depuis le début, je suis au courant de la nature de leur relation. Mais j'ai toujours gardé le silence sur ce sujet. Pareille discrétion ne m'empêche pas de jouer parfois avec les circonstances. Ainsi, il y a trois jours, par vice autant que par désœuvrement, prétextant des pertes d'équilibre et des bourdonnements dans une oreille, j'ai pris rendez-vous avec le service ORL où consulte Janssen. Aujourd'hui, vers midi, au moment où ma femme se préparait à partir pour son travail, je me suis levé du fauteuil :

– Tu peux me déposer à la clinique ?

– Pour quoi faire ?

– J'ai rendez-vous.

– Avec qui ?

– Un médecin.

– Tu es malade ?

– Des petits problèmes avec une oreille. J'ai préféré appeler moi-même la clinique plutôt que de passer par ton intermédiaire. Je ne voulais pas t'embêter avec ça.

– Qu'est-ce que c'est, une otite ?

– Je ne crois pas.

– Ton rendez-vous, c'est aujourd'hui ?

– Maintenant, dans un quart d'heure.

– Avec qui ?

– Hansen ou Fransen, je ne sais plus, un nom dans ce genre.

– Janssen, plutôt.

– C'est ça. Il a bonne réputation ?

– Je ne le connais pas.

J'ai toujours aimé le mensonge et ceux qui le pratiquent avec courage. Anna est de la race de ces alpinistes téméraires capables en quelques mots d'atteindre les sommets de la trahison. Anna est orthophoniste. Même dans les moments les plus délicats, elle conserve son calme et sa voix demeure parfaitement posée.

Elle m'a donc conduit à la clinique. Durant le trajet, sa conduite automobile n'a traduit aucune nervosité et son visage est demeuré impassible. Pour ma part, j'étais assez impatient de rencontrer son amant. Je

15

n'éprouvais envers lui aucune animosité, seulement de la curiosité. Il n'était pas à mes yeux un rival. Je le considérais plutôt comme un successeur, un repreneur.

Je m'étais inscrit à sa consultation sous mon véritable nom, sachant que les praticiens ne découvrent généralement le patronyme de leurs patients que lorsque ceux-ci pénètrent dans leur cabinet.

Dès que je fus assis face à lui, je sus que Robert Janssen manquait de sang-froid. Il semblait terrifié par ma présence. Au bord de l'aveu. Il m'écoutait en triturant le bord de ses feuilles d'ordonnance. Je lui expliquai que parfois ma tête tournait, mais c'était lui qui semblait pris de vertiges. Janssen était un homme de mon âge, appartenant à cette génération prétendument rompue aux exercices de l'adultère, découvrant avec effarement qu'il n'y a rien de plus impressionnant qu'un mari, fût-il complaisant. Son apparente fragilité contrastait avec une allure sportive, des cheveux drus coiffés en brosse et des yeux enfouis tout au fond de leurs orbites. Janssen semblait vous observer du plus profond de son crâne, comme un loup. En d'autres circonstances, ce regard aurait pu être intimidant. Et même séduisant. Aujourd'hui, il paraissait aussi craintif que celui d'un enfant. Pour accentuer le malaise, je précisai d'emblée au médecin que j'étais le mari d'Anna Polaris, l'orthophoniste de l'établissement. Nerveusement, il commença aussitôt à se gratter les manches. On eût dit un homme qui venait de traverser un champ d'orties.

– C'est votre femme qui vous a adressé à moi ?

– Non, je ne lui ai pour ainsi dire pas parlé de mes problèmes.

– Les troubles que vous m'avez décrits durent-ils longtemps ?

– Quelques minutes. Mais c'est assez désagréable. Pendant ces moments-là je ne sais plus vraiment où j'en suis.

Janssen m'a examiné avec une grande attention pendant plus d'une heure. Il a ausculté mes pavillons, pris ma tension, scruté le fond de mon œil et m'a soumis à deux batteries de tests. Il m'a d'abord équipé d'écouteurs et enfermé dans une sorte de caisson étanche, pour évaluer ma capacité à capter diverses gammes de fréquences. Lorsque j'entendais quelque chose, un sifflement aigu ou au contraire une sourde vibration, je devais lever la main. En cas de besoin, nous pouvions converser par le truchement d'un interphone. Un instant, en entendant la voix de Janssen dans le casque, j'ai songé qu'il allait mettre à profit ces circonstances particulières pour m'avouer la vérité dans le micro. « Polaris, je sais que le moment est sans doute mal choisi, mais j'ai quelque chose d'important à vous révéler. Nous allons interrompre ce test. Je suis incapable de vous soigner plus longtemps. C'est délicat à dire, mais je ne peux pas à la fois être votre médecin et l'amant de votre femme. Désolé de vous avouer cela aussi brutalement, mais c'est la vérité. » Séparés par la paroi de verre, nous aurions pu alors discuter un moment. Nous expliquer sur les suites à donner à cette affaire. A la fin, il aurait ouvert la porte, je lui aurais serré la main et je serais rentré à la maison.

– Vous entendez quelque chose ?

– Bien sûr puisque je lève la main.

– C'est curieux.

– Qu'est-ce qui est curieux ?

– Votre temps de réaction aux stimuli.

– Vous voulez dire que je réagis mal, que j'entends des choses que je ne devrais pas entendre ?

A travers la vitre, Janssen me lança un regard inquiet. Il voyait bien que je faisais des signes en dépit du bon sens, que je ne respectais pas les règles de son protocole. Il se demandait s'il avait affaire à un mari aveugle ou, plus simplement, à un patient complètement sourd.

Pour la seconde exploration, il me conduisit dans une pièce noire et me fit asseoir en son centre sur un fauteuil rotatif. Il m'appliqua diverses électrodes sur la face, éteignit toutes les lumières et lança l'examen. Installé sur le siège qui tournait lentement sur son axe, je devais ressembler à une girouette complaisante. Je percevais le bruit de frottement des transcripteurs graphiques sur les bandes de papier. Ils confessaient l'embarras de mon oreille interne confrontée à une situation aussi absurde. J'éprouvais un certain malaise que l'obscurité ne faisait qu'aggraver. Janssen était quelque part dans la pièce, immobile et silencieux.

Après m'avoir débarrassé des capteurs, l'ORL ralluma les lampes et m'installa sur un divan – un divan professionnel aux lignes basses et fonctionnelles, tendu de vinyle marron, sur lequel il devait régulièrement baiser Anna.

– Je vais vous envoyer, en pression, de l'eau froide puis de l'eau chaude dans chaque oreille. La tête va vous tourner, ne vous angoissez pas, c'est normal.

Je n'étais nullement inquiet. Il introduisit la canule dans mon pavillon, le liquide jaillit aussitôt et la sarabande commença. La sensation n'était pas vraiment désagréable. J'avais l'impression d'être pris dans le tourbillon qui se forme au fond d'un évier en train de se vider. Les yeux clos, je me remémorais les principes de la loi de Coriolis. Ma femme avait-elle à ce point perdu la tête ? Le monde s'était-il soudain mis à danser autour d'elle avec autant d'entrain ? Le liquide tiède ruisselait le long de mes lobes et sur mes glandes cérumineuses. Je sentais les doigts du praticien crispés sur mes cartilages.

– Sincèrement, monsieur Polaris, en dehors de vos réactions intempestives aux tests auditifs, les résultats des autres examens sont tout à fait normaux. Votre oreille interne fonctionne de manière satisfaisante et il n'y a pas de déséquilibre perceptible.

– Vous pensez donc que je me suis fait des idées, que j'ai imaginé toute cette histoire ?

Cette phrase à double sens déstabilisa Janssen. Il se gratta à nouveau les avant-bras.

– Je ne dis pas cela. Vous avez sans doute éprouvé un malaise passager. Un problème de tension est susceptible de provoquer des symptômes semblables à ceux que vous m'avez décrits. Si vous le désirez, je peux poursuivre les examens et mesurer la conduction de votre nerf auditif. L'exploration dure une heure et tout est enregistré par un ordinateur.

– Je ne crois pas que ce soit nécessaire. Si vous êtes d'accord, nous allons en rester là. Je ne reviendrai vous voir que si les troubles réapparaissent. Je vous dois ?

– Je vous en prie.

– C'est à cause de ma femme ?

Le visage de Janssen devint tout rouge. Il essaya de bafouiller quelque chose. Dans sa position, il se sentait sans doute incapable de me réclamer le prix d'une consultation. Alors, à sa manière, il négociait, m'offrait une sorte de dédommagement. Un peu de son corps médical en échange de celui d'Anna. Du troc de limonadier. Il semblait si vulnérable que je ne tins pas à pousser trop loin mon avantage.

– Je souhaite régler le montant de vos honoraires. C'est tout à fait normal. Sinon, cela nous mettrait tous deux dans une situation embarrassante.

Je dis cela sans arrière-pensée. Pour lever toute ambiguïté. Mais cette ultime remarque, sans doute légèrement équivoque, ne fit qu'empourprer davantage le teint de Janssen

Je serai bientôt à la maison.

Je marche le long du boulevard qui longe l'Océan. Le vent du large s'engouffre dans mes oreilles. En ce moment, Anna et Robert doivent s'interroger sur le sens de ma visite. Il a dû lui téléphoner sitôt après mon départ. Elle l'a sans doute rejoint dans son cabinet.

2

– Ton mari sort d'ici.
– Je suis au courant.
– Il sait.
– Je ne crois pas.
– Tu peux descendre ?
– Dans un moment, je suis occupée.

Anna Polaris reposa le combiné et reporta son attention sur une petite fille qui s'appliquait à prononcer à voix douce une liste de mots particulièrement chargés en consonnes labiales. L'enfant éprouvait de grandes difficultés à s'acquitter de sa tâche. Anna s'approcha et lui passa affectueusement la main dans les cheveux. Elle ne se sentait nullement troublée par ce qui venait d'arriver. Elle savait n'avoir rien laissé transparaître de sa surprise quand Samuel lui avait demandé de le conduire à la clinique. Il était essentiel de ne jamais perdre le contrôle quelles que fussent les circonstances. Elle tendit à l'enfant un autre exercice de prononciation, cette fois une série de substantifs hérissés d'obstacles gutturaux, et fit quelques pas dans son bureau. Elle essaya d'imaginer le climat de la consultation, le fauteuil tournant avec lequel elle adorait jouer, les canules d'eau tiède, et son amant titillant l'oreille de son mari dans le petit cabinet noir.

– Je t'assure qu'il n'a rien. Absolument rien. En revanche, pour nous, il est au courant. C'est certain.

– Tu affirmes n'importe quoi.

– Ton mari n'a jamais eu de vertiges. Il entend très bien et son équilibre est parfait. Il est venu à la clinique dans le seul but de nous provoquer. Je me suis senti ridicule et observé pendant toute la consultation.

– Je ne vois pas pourquoi tu paniques. Cette affaire n'a rien de dramatique. Je suis certaine que, s'il s'était douté de quelque chose, il m'en aurait parlé. Je le connais.

Anna Polaris était en train de mentir. Malgré vingt-cinq ans de vie commune elle ne savait pas grand-chose de son mari. Par exemple, elle était incapable de citer le titre de son dernier livre. Ou de dire ce qu'il prenait, le matin, au petit déjeuner. Elle avait recommencé à travailler lorsqu'il avait cessé d'écrire, et, depuis, tout semblait les séparer. Lui se retirait le plus souvent dans le silence tandis qu'elle passait ses journées à tirer des mots de la bouche de ses patients. Ses enfants étaient déjà des adultes. Sarah, l'aînée, poursuivait des études d'orthodontie. Elle avait un goût immodéré pour l'argent, la réussite sociale, parlait librement à sa mère de sa vie sexuelle et de son inclination pour les fils de famille. Nathan et Jacob, jumeaux singuliers, vivaient en miroir, refermés sur eux-mêmes, autosuffisants. Leur père les considérait comme une énigme et se sentait souvent mal à l'aise face à eux. Lui qui était fils unique avait le plus grand mal à comprendre cette paire qu'il considérait depuis le début comme une facétie de la nature, un clan hostile à l'intérieur de la famille. Les jumeaux s'étaient engagés ensemble dans des études d'électronique et occupaient leurs loisirs à souder des composants sur des circuits imprimés pour modifier leurs équipements informatiques. Ils s'exprimaient sur un mode binaire, sans doute efficace mais dépourvu d'affect.

Après la brutale défection professionnelle de son mari, Anna Polaris s'était trouvée dans l'obligation, à quarante-deux ans, de reprendre son travail. Au début, elle avait eu un peu de mal à s'adapter aux règles contraignantes et à l'organisation collective de la clinique, mais l'expérience l'avait revigorée, rajeunie. Et ce, d'autant qu'elle avait très vite rencontré Janssen et son fauteuil tournant.

— Je te trouve bien tranquille et très sûre de toi.
— Je le suis.
— Et s'il était quand même au courant ?
— Eh bien, il saurait que sa femme a un amant, voilà. Je t'ai expliqué cent fois quel était le genre de nos relations. Il n'y a aucun problème. Il s'en foutrait. Il se fout de tout. De ma vie, de sa vie et de celle des enfants.

Il est dans un état dépressif permanent. Ses sentiments ont complètement disparu. Tu n'as rien à craindre, il ne te demandera jamais aucun compte. Viens là.

– Ah non, pas maintenant, pas aujourd'hui. Je n'ai vraiment pas la tête à ça. Tu es certaine qu'il n'est pas capable de faire du scandale ? Imagine qu'il appelle ma femme.

Un instant elle avait eu envie de lui. Elle avait remis du rouge à lèvres avant de descendre le voir, persuadée que quelques mots d'apaisement suffiraient pour qu'il l'adossât au mur et relevât sa jupe. A présent, pour rien au monde elle n'aurait accepté qu'il pose sa main sur elle. Ce qu'il venait de dire était trop commun, trop convenu. Derrière son bureau, massant son humérus, l'amant au réduit noir n'était plus qu'un tout petit mari transi. De cette histoire, finalement, Samuel sortait grandi.

Elle alluma une cigarette.

– Tu sais que je n'aime pas que l'on fume dans mon bureau, dit Janssen.

Il prit un air contrarié et se dirigea vers la fenêtre pour l'entrouvrir. Quand il se retourna, Anna était partie, ne laissant dans la pièce que quelques volutes bleutées et instables.

Dans l'escalier, Anna Polaris ressentit des picotements dans la poitrine et il lui sembla que son cœur ratait une marche. Elle mit cela sur le compte de l'énervement et écrasa son mégot dans le cendrier mural de l'étage. Quand elle entra dans son cabinet, sa ligne sonnait. Elle négligea de décrocher. Elle savait que

c'était Janssen qui appelait pour s'excuser. Cette faiblesse de caractère, ce manque de conviction et de
suivi dans le reproche exaspérait Anna. Consumé par
la culpabilité, Janssen avait besoin d'être pardonné. Ce
spécialiste de l'équilibre ne pouvait vivre que dans
l'harmonie. A l'occasion d'une dispute avec sa femme,
au téléphone, ou bien à la suite d'une altercation avec
le conseil d'administration de la clinique, Anna l'avait
vu multiplier les actes de contrition et amorcer de spec-
taculaires reculades.

Sans prêter attention aux sonneries elle rangea sa
blouse blanche dans le placard. Face au miroir de son
vestiaire, elle fut agréablement surprise de constater
que l'âge n'avait pas de prise sur sa silhouette. Son
allure était celle d'une jeune femme. Elle se dit que
pareil corps aurait peut-être mérité un meilleur sort
et une sexualité plus soutenue. Anna était toujours
impressionnée par les histoires amoureuses que racon-
taient les infirmières de la clinique. En écoutant la
variété de leurs confidences, elle se surprenait à envier
leur libertinage. A quarante-quatre ans, et malgré les
apparences du miroir, elle savait l'urgence des plaisirs.
C'est pour cela qu'elle acceptait de baiser sur un fauteuil tournant avec un ORL timoré, en simulant des
orgasmes qu'elle n'atteignait que rarement. Ce n'était
pas à proprement parler la faute de Janssen, bien qu'en
ce domaine également il fît preuve d'un tempérament
soumis. Attentif, appliqué même, mais redoutant par-
dessus tout les initiatives, il fallait toujours lui montrer
la voie, l'encourager, guider son sexe. Par nature, Anna

Polaris n'aimait rien tant qu'être prise, brusquée et même un peu rudoyée. A une époque, Samuel avait trouvé le ton juste, lui révélant le frisson excitant d'une certaine sauvagerie domestique. Et puis ses ardeurs s'étaient émoussées, ou peut-être est-ce Anna qui s'était lassée.

Anna Polaris releva sa jupe. Dans la glace, elle regarda ses jambes. Jamais, auparavant, elle n'avait fait ce geste dans son bureau.

A mesure que l'après-midi avançait, Anna éprouvait une certaine anxiété. Pour une fois, il lui tardait de rentrer chez elle et de retrouver Samuel. Elle se savait assez habile pour questionner son mari et obtenir des informations sur le déroulement de la consultation. Serait-il exhaustif ou bien, au contraire, laconique ? Tout dépendait des motifs réels de sa visite médicale. Elle savait qu'il lui faudrait se montrer attentive à chacun de ses mots, chacun de ses regards. La proximité de ce face-à-face l'excitait. Le téléphone sonna de nouveau.

– Je suis désolé pour tout à l'heure.

– Cesse de t'excuser en permanence.

– Désolé, j'étais à cran.

– Qu'est-ce que tu veux ?

– Que tu me pardonnes et que tu descendes cinq minutes.

– Pour quoi faire ?

– Un tour sur le fauteuil.

Il avait dit cela d'un ton mal assuré, craintif, presque interrogatif. Elle l'imagina soudain assis sur son siège, le dos voûté tel un petit babouin, épouillant nerveusement ses parties génitales. Elle ne répondit rien à sa proposition.

– Alors ? Qu'est-ce que tu en dis ?

Le maître des oreilles détestait le silence, qu'il tenait à la fois pour une marque de mépris et de maladie.

– Anna, tu m'entends ?

Les mots restaient en elle comme des cailloux enfouis au fond de la vase.

– Tu veux que je monte, c'est ça ? Tu préfères que je monte ?

Elle ne s'était jamais sentie aussi forte et résolue. Pour rien au monde elle n'aurait desserré les dents. C'était délicieux. Elle avait l'impression d'être enfermée à l'intérieur d'un coffre-fort.

– Anna, je vais raccrocher.

Chaque instant qui passait augmentait son plaisir de manière exponentielle. Dans ces circonstances, le temps n'avait plus la même valeur. Il devenait beaucoup plus dense. Une seconde était aussi précieuse qu'une naissance. On la sentait rouler de tout son poids contre sa peau.

– Anna.

Face au petit mari, elle aurait pu tenir ainsi des jours et des nuits. Avaler son verbe. Lui prendre tous ses mots. Le sucer jusqu'à ce que sa salive s'assèche. Elle comprenait ce que Samuel avait dû éprouver à la télévision.

Janssen coupa la communication. De sa fenêtre, Anna le regarda traverser le parking et monter dans sa

Legacy. Trois mois plus tôt, quand il avait commandé cette berline, il lui avait téléphoné pour lui annoncer : « J'ai acheté la nouvelle Subaru, qu'est-ce que tu en dis ? » Et déjà, elle n'avait su que répondre.

Comme elle avait l'habitude de le faire chaque soir, Anna gara sa voiture en bordure de la plage et alla fumer une cigarette en marchant sur la grève. Le vent venait de la terre et creusait les vagues dans lesquelles s'enroulaient les surfeurs. Moulés dans leurs combinaisons, ils cisaillaient les lames avant de basculer de l'autre côté des crêtes. C'était la fin de l'hiver et le jour déclinait rapidement. Anna pensa qu'il fallait être jeune et posséder un organisme aguerri pour le soumettre à des températures aussi basses. Sa planche sous le bras, un petit homme vigoureux sortit de l'eau et trotta vers sa serviette. En passant devant Anna, il lui adressa un sourire si amical et naturel qu'elle se sentit obligée de lui répondre. Soulevés par les bourrasques, des grains de sable lui picotaient les mollets. A cette heure, taraudé par la culpabilité, l'angoisse et le remords, Janssen devait bavarder dans sa cuisine avec sa femme et ses enfants.

Elle attacha ses cheveux qui battaient son visage, et, au moment où elle faisait demi-tour, aperçut, au milieu de la baie, un véliplanchiste qui sautait par-dessus les vagues comme un poisson volant.

Samuel était là, et pourtant la maison semblait vide. Les enfants n'étaient pas encore rentrés. Anna but un soda et se mit à la recherche de son mari. Il devait être à l'étage, enfermé dans cette pièce qui lui servait jadis de bureau, ces combles aménagés dans lesquels il avait écrit tous ses livres. Elle monta l'escalier et le trouva dans son repaire, debout, face à la fenêtre, les mains derrière le dos, scrutant le couchant.

– Tu es rentrée tôt.

Il dit cela d'une voix paisible, paternelle.

– Je n'avais plus de rendez-vous.

– Les jumeaux ont téléphoné. Ils ne dîneront pas là. Ils sont invités chez les deux imbéciles qui ont mangé ici l'autre soir.

– Quels imbéciles ?

– Ces deux types qui font je ne sais quoi avec le réseau Internet.

– Comment s'est passée ta consultation ?

– Très bien. Les tests sont un peu fastidieux.

– On t'a trouvé quelque chose ?

– Non, rien. Le médecin pense que j'ai dû avoir une baisse de tension ou quelque chose comme ça.

– Tu t'es fait connaître ?

– Oui. J'ai eu tort ?

– Pas du tout, au contraire.

– J'ai tenu à payer la consultation. J'ai pensé que, comme ça, tu serais plus à l'aise vis-à-vis de ce docteur Janssen. Il ne t'a pas appelée après mon départ ?

– Pourquoi l'aurait-il fait ?

– Je ne sais pas. Pour t'informer des résultats des tests.

– Cela ne se fait pas. Le diagnostic ne regarde que le patient.

– Je pensais qu'entre confrères vous preniez certaines libertés.

– Non. Tu as eu quoi comme examen ?

– Un audiogramme, je crois. Ensuite, il m'a installé sur un fauteuil incroyable. Un siège rotatif, tournant sur son axe, comme ça, tu vois. La tête pleine d'électrodes et dans le noir, j'ai bien dû faire la toupie pendant dix bonnes minutes. Tu as déjà vu ce siège ?

– Non, mais je l'imagine.

– Tu ne travailles jamais avec Janssen ? L'oreille et la parole, c'est lié, tout ça.

– Tu t'intéresses à mon métier, maintenant ?

Elle alluma une cigarette et l'odeur douce et apaisante du tabac emplit la pièce.

– Je crois que, si je me remettais à fumer, tout irait mieux.

Il passa ses mains sur son visage, lissa ses paupières et reprit son poste devant la fenêtre. Il faisait presque nuit. Le murmure de la circulation remontait de la ville. D'ici, il dominait les lumières, les arbres, l'Océan, tout, à l'exception de sa propre vie. Anna demeurait derrière lui, immobile, inexplicablement émue. Que son mari fût ou non au courant de sa liaison ne l'intéressait plus. Pour la première fois depuis longtemps, elle avait envie de prendre cet homme dans ses bras.

3

Les jumeaux sont rentrés vers deux heures du matin. Je les ai entendus rire bruyamment et claquer les portes. Fort heureusement, ils n'ont pas eu l'idée de monter jusqu'ici. Je ne me sens jamais à l'aise en leur présence. Je déteste ce qu'ils sont et ce qu'ils représentent. Je désirais un fils et j'ai eu deux abrutis. Leurs conversations, toujours menées dans un misérable sabir technologique, sont consternantes. Ces gosses n'ont aucun esprit critique et semblent tout ignorer du doute et de l'angoisse. Il y a longtemps que je ne les aime plus, mais le pire est qu'il me devient maintenant difficile de les respecter. D'une certaine façon, je suis content de ne plus subvenir à leurs besoins.

Sarah n'est guère différente de ses frères. Son approche mécaniste de l'existence, sa cupidité, sa prétention, la manière dont elle rudoie ses petits amis la rendent détestable. Le jour où elle m'a annoncé qu'elle se lançait dans la dentisterie et, surtout, l'orthodontie, j'ai compris qu'elle était bien la véritable sœur des deux autres. Comment peut-on, à vingt ans, prendre la décision de consacrer sa vie à curer des caries ?

– Ça te plaît vraiment d'apprendre à baguer des molaires, de placer tout ce fil de fer dans la bouche des gens ? Qu'est-ce qui te pousse à faire ça ?

Elle avait secoué la tête avec un sourire affectueux légèrement condescendant :

– Mais l'argent, Papa.

A l'époque, elle venait d'entrer en première année à l'université.

Ces enfants n'étaient pas faits pour moi. Plus les années passent, plus je m'aperçois que je n'ai rigoureusement rien de commun avec eux. J'ai l'impression qu'ils sont d'une autre espèce, que je n'ai pris aucune part à leur conception, qu'ils me sont tombés dessus comme un orage d'été. Anna, je le sais, n'a pas davantage d'affinités avec eux. Elle arrive cependant à donner le change et même à demeurer assez proche de Sarah. Une fibre féminine commune leur permet une certaine intimité, au point que l'autre jour, en allant chercher du café dans la cuisine, j'ai entendu ma fille dire à sa mère : « On a mangé chez ses parents et ensuite il m'a tringlée dans la voiture. »

J'ai rempli ma tasse et je suis sorti sans rien dire.

En remontant chez moi, je me suis souvenu que la dernière automobile dans laquelle j'avais moi-même eu des relations à caractère sexuel était une Mercedes six cylindres de 1963.

J'ai posé le revolver sur le bureau et ouvert la boîte de balles. Je promène mon index sur tous ces tétons cuivrés. Dans ma vie, je n'ai jamais tiré un coup de feu, ni en l'air, ni contre un oiseau, ni sur une boîte de bière.

J'entends quelqu'un qui utilise l'eau dans la salle de bains du bas. Ce doit être l'un des jumeaux qui récure sa dentition avant de masser ses gencives selon les directives prophylactiques de Sarah. Il me tarde vraiment que ces gosses déguerpissent de la maison et s'installent à leur compte.

Peu de temps avant sa mort, je me souviens d'avoir eu, ici même, durant un après-midi de printemps, une longue conversation avec mon père. Nous étions installés côte à côte sur le canapé, je grillais cigarette sur cigarette, et lui, exceptionnellement, avait allumé un long cigare. Tandis que les rayons du soleil traçaient des routes blanches et rectilignes au travers du brouillard bleu de nos fumées, il évoquait quelques souvenirs qu'il gardait de mon enfance. Par exemple, cette manie que j'avais, tout petit, de me coucher sous les voitures.

« Avant de démarrer, il fallait toujours regarder si tu n'étais pas dessous. Je ne sais pas quel plaisir tu pouvais trouver à faire cela. Mais, dès l'instant où tu as commencé à marcher, jusqu'à l'âge de quatre ou cinq ans, tu n'as cessé de te faufiler sous les châssis. »

J'aimais entendre parler mon père de tous ces détails insignifiants qui avaient fait notre vie d'autrefois. Cela réveillait en moi la conviction confortable, profonde, d'être son fils unique. Après tout ce temps, il me faisait encore une place dans sa mémoire. Lorsque nous nous plongions ainsi dans les archives familiales, j'oubliais que ma vie allait de travers. En revanche, une évidence s'imposait à moi : je ne me rappelais rien de la prime jeunesse de mes propres enfants, sinon les avoir élevés en me tenant aux règles communément admises en matière d'hygiène et d'affection.

« Ça fait presque vingt ans que tu habites ici. Tu as eu de la chance de trouver cet endroit. A ton âge, j'aurais aimé avoir un bureau avec une vue pareille. Tu te souviens du jour où tu as quitté la maison ? C'était en 69, ou peut-être en 70 ? Peu importe. En tout cas, ce fameux soir, après ton départ, je suis entré dans ta chambre, je me suis assis sur le rebord de ton lit et j'ai promené mon regard sur toutes les étagères de cette pièce vide. A mesure que je revivais ce passé, les larmes me montaient aux yeux, car je comprenais que, pour moi, une époque magnifique prenait fin. Je mesurais combien avaient été précieuses toutes ces années durant lesquelles tu avais grandi auprès de moi. Lorsque j'ai quitté ta pièce, j'ai ressenti pour la première fois peser sur mes épaules tout le poids de la vieillesse. Mais aujourd'hui, quand je nous vois à nouveau ensemble, avec ce beau temps et ce cigare, je me dis que la vie a encore du bon. Surtout quand on a un pareil point de vue. On dirait qu'on est assis sur le toit du monde. »

Jamais je n'aurai l'occasion ni l'envie de dire de pareilles choses à mes enfants. Jamais nous ne fumerons le cigare, au soleil, durant tout un après-midi. Ils détestent le tabac et sont tous trop occupés.

S'il avait encore été de ce monde, mon père n'aurait pas compris que je sois allé rendre une visite sournoise à l'amant de ma femme, et pas davantage que j'aie acheté le Colt. Il n'aurait vu dans ces comportements qu'une marque de faiblesse et de résignation. C'était un lutteur qui n'admettait pas la défaite. Enfant, lorsque j'étais malade, il entrait dans ma chambre en gesticulant comme un entraîneur de boxe et, après avoir ouvert les fenêtres en grand, m'assénait les grandes lignes de sa tactique simpliste : « Il ne faut pas te laisser aller. Tu dois faire front, te débattre, rendre la tâche difficile aux microbes, leur gâcher la vie en permanence. C'est comme ça qu'on se fait respecter et qu'on devient un homme. » Homme je suis devenu. J'ai même eu des enfants. Pour autant, cela n'a pas fait de moi un père.

Je referme la boîte de balles et je range le revolver. Dehors, le vent souffle et je perçois le bruit ronronnant de l'Océan.

J'ai envie d'acheter des Stuyvesant en paquet souple. J'ai envie de retrouver mon corps d'autrefois et cette force qui m'habitait. J'ai envie de revoir le match Burnley contre le stade de Reims. J'ai envie de baiser sur un fauteuil tournant. J'ai envie qu'on me branle, assis dans une voiture, à la place du mort. J'ai envie que les jumeaux soient les enfants de Janssen. J'ai envie de nager sous l'eau. J'ai envie de remonter le courant. J'ai envie qu'on me dise quand j'ai fait fausse route. J'ai envie de savoir ce qui ne va pas en moi. J'ai envie d'être attaché.

– Pourquoi ne te remettrais-tu pas à écrire ?

Il y a des années que je n'ai pas pris mon petit déjeuner en compagnie d'Anna. Nous avons toujours vécu selon des rythmes décalés. Avant même que nos rapports ne se détériorent, au plus fort de notre entente, nous souffrions déjà d'une incompatibilité d'horaires. Et jamais, par la suite, nous ne sommes parvenus à caler notre horloge interne sur le même fuseau.

En buvant son café, ma femme allume sa première cigarette de la journée. J'ai un souvenir très précis du plaisir qu'elle doit ressentir à cet instant, quand, sur la langue, la nicotine effleure la caféine et que la fumée tiède plonge dans le corail de la poitrine. Cette nuit, j'ai très peu dormi, et pourtant, ce matin, il m'est venu l'envie de me lever de bonne heure. La lumière vive du levant me fait cligner des yeux.

Me remettre à écrire. Il me semble n'avoir jamais exercé ce métier. Toucher à une histoire me ferait aujourd'hui l'effet de caresser le cadavre d'un chien. Je ne peux décemment pas expliquer cela à Anna de bon matin. Alors, n'ayant rien d'acceptable à lui offrir en guise de réponse, je hausse légèrement les épaules en souriant.

– Tu pourrais recontacter ton éditeur, lui proposer de signer un nouveau contrat.

Avec des gestes de bradype, les jumeaux viennent

de prendre place à table. Leurs yeux bouffis par le manque de sommeil sont chargés d'une expression inamicale. Engoncés dans leurs chandails froissés, je trouve que mes fils ressemblent à deux cinglés échappés d'un lazaret.

– Qui a touché à mon fil dentaire ?

Voir évoluer ma famille, à son lever, dans son intimité, me met mal à l'aise. J'ai l'impression de porter un pull de laine à même la peau. Comment ma fille peut-elle avoir de telles préoccupations au saut du lit ? Jamais je n'aurais osé m'adresser à mes parents sur un tel ton en raison de la perte d'un misérable accessoire buccal. Je mesure à quel point j'ai eu raison de ne pas participer à ces collations matinales durant toutes ces années.

– J'en ai vraiment assez ! J'ai déjà dit cent fois que je voulais qu'on laisse le fil à sa place ! Jacob, je suis sûre que c'est toi, tu fais chier !

– Qu'est-ce que tu veux que je foute de ton fil ?

– Quelqu'un l'a pris. Nathan ?

– Fous-moi la paix et arrête de gueuler.

– Maman ?

– J'aimerais pouvoir finir mon café tranquillement.

J'observe que l'on ne me demande rien, que l'on me tient à l'écart de l'enquête. J'ai été si souvent absent de cette table que, ce matin, on ne s'aperçoit même pas de ma présence. Et pourtant, j'aimerais intervenir, ne serait-ce que pour entendre Sarah s'écrier : « Toi, tais-toi ! Tu n'as pas voix au chapitre ! Tu ne fais pas partie de la famille ! »

– Je vous préviens que je ne sortirai pas de cette pièce tant qu'on ne m'aura pas dit où est passé mon fil dentaire. Je l'ai utilisé hier soir et je l'ai laissé sur la tablette de la salle de bains. Ce matin, il n'y est plus. Quelqu'un y a touché.

Je me demande à quoi ressembleront ces gosses quand ils seront plus vieux, quand leurs dents seront usées.

Ils sont partis. Après avoir vidé leurs tripes et leurs vessies, tous sont allés remplir leur devoir de labeur. Anna m'a annoncé qu'elle ne rentrerait pas déjeuner tant elle avait de langues à délier, Sarah a hurlé qu'on ne pouvait pas lui faire ça le jour où elle devait commencer à baguer ses premières canines, quant aux jumeaux, faces de rat lymphatiques, ils ont rejoint leur institut pour flatter la croupe de quelques microprocesseurs au pentium cadencés à 66 mégahertz, génération 486DX2. Telle est ma famille.

Je suis nu devant le miroir de la salle de bains. Mon reflet perce peu à peu à travers la buée qui opacifie la glace. Je devine les contours de mon sexe. On dirait un oiseau mort.

A onze heures, j'ai rendez-vous avec le docteur Victor Kuriakhine. Depuis un peu plus d'une année, à l'insu des miens, une fois par semaine, je consulte un psychothérapeute. Jusqu'à présent, je me suis arrangé pour régler les visites avec les quelques économies qui me restaient. N'ayant plus les moyens de m'offrir ces séances, je vais prévenir Kuriakhine que la cure est terminée. Cela ne me fait ni chaud ni froid. Je me trouve dans la position d'un golfeur dilettante qui annonce au secrétaire de son club qu'il ne renouvelle pas sa cotisation.

Je suis incapable de définir les motivations réelles qui m'ont poussé à entamer ces entretiens. Peut-être désirais-je simplement que quelqu'un m'écoute, quitte à lui donner un peu d'argent pour sa peine. Je ne lui demandais même pas de simuler de l'intérêt pour mes affaires. Seulement de me prêter l'oreille. Me voilà de retour dans la sphère ORL. L'oreille et la bouche. Janssen et Anna. Je sais que cela peut sembler curieux, mais j'aimerais les regarder baiser. Juste une fois. Pour voir comment ils s'y prennent sur le fauteuil tournant.

Je viens de trouver le fil dentaire. Le rouleau était tombé derrière le meuble du lavabo. Je déroule lentement toute la pelote dans la cuvette des toilettes et je tire la chasse d'eau. Ballottés par les remous, les brins de nylon s'entortillent sur eux-mêmes, pareils à un excrément filandreux, et disparaissent dans le trou. Cela me procure une sensation fugitive de bonheur, comparable au sentiment du devoir accompli que l'on éprouve après avoir tondu une pelouse.

Lorsque j'étais en activité, j'aimais me détendre en entretenant le jardin. Le gazon était maintenu aussi ras que le tapis d'un billard, je taillais les hortensias, les rosiers, le chèvrefeuille, je coupais les branches basses des palmiers, celles des phœnix, et je nettoyais régulièrement le bassin pour que les lentilles d'eau, les salades aquatiques et les nénuphars bénéficient d'une bonne oxygénation.

Aujourd'hui, tout cela est à l'abandon. L'herbe est haute, sale et collée par endroits, comme le poil mouillé d'un chien errant. Il faudrait une bonne semaine de travail pour tout remettre en ordre. Une semaine, ce n'est rien.

Tout en longeant l'Océan, je réfléchis aux sujets que je vais aborder avec Kuriakhine lors de notre dernière rencontre. Il est évident que je dois parler de l'arme, l'informer de l'achat du Colt. Ensuite, je ne sais pas. Tout dépendra de sa réaction. En tout cas, je ne ferai pas état de ma visite chez Janssen. Kuriakhine n'a pas à connaître ces petites histoires domestiques. J'ai remarqué qu'il aimait assez que je lui parle de sexe. Dès que nous abordons ce sujet, je le sens soudain plus attentif. La chose le travaille. Comme la plupart d'entre nous.

La maison de Kuriakhine semble avoir poussé entre les pins. Elle est d'une discrétion et d'une modestie totales. A l'ouest, poussé par le vent, le sable des dunes voisines s'accumule contre le mur de façade.

Je regrette de ne pas avoir emporté le revolver. J'aurais aimé entrer dans le bureau du psychothérapeute, poser l'arme sur sa table, puis, sans dire un mot, ressortir. Il n'y avait pas de manière plus éloquente et plus troublante de lui signifier la fin de nos rencontres. D'un autre côté, il m'aurait fallu racheter un Colt.

Kuriakhine a un visage osseux et un teint d'endive. Je me suis souvent interrogé sur sa personnalité. Ses yeux, perpétuellement aux aguets et d'une mobilité animale, surveillent-ils une proie ou, au contraire, redoutent-ils un quelconque prédateur ?

En outre, Kuriakhine garde toujours sa main gauche dans sa poche. Je pense qu'il serre sa queue entre ses doigts.

– Comment allez-vous, monsieur Polaris ?

– J'ai décidé d'arrêter la cure.

– Avez-vous envie que nous parlions des raisons qui ont motivé votre décision ?

– Non, pas exactement. En revanche, il me semble nécessaire de vous dire qu'hier j'ai acheté un Colt et une boîte de balles.

– C'est en effet une information importante.

– Je tenais à ce que vous le sachiez.

– Pourquoi teniez-vous tant à m'annoncer que vous aviez acquis cette arme, monsieur Polaris ?

– Je ne sais pas. Peut-être par désir de loyauté.

– Permettez moi, dans ce cas d'espèce, de douter de votre loyauté ou de votre sincérité. Je pense plutôt qu'au seuil de notre séparation vous avez voulu me culpabiliser de façon grossière, en me faisant endosser votre désir fantasmagorique de meurtre ou de suicide. Je fais ce métier depuis trop longtemps, monsieur Polaris, pour croire, ne serait-ce qu'un instant, en la loyauté de mes patients. Pas un seul d'entre eux n'est venu, loyalement, comme vous dites, s'allonger sur ce divan. Tous, d'une façon ou d'une autre, y ont pris place à reculons, en dissimulant comme ils le pouvaient leur arsenal de perfidie. Cette pièce est tapissée de leurs mensonges, de leur hypocrisie, de leur lâcheté. Mais vous êtes le premier, monsieur Polaris, à me « menacer » avec une arme au nom d'une prétendue loyauté.

Au travers des plis du tissu de son pantalon, j'essaie de deviner la position de la main gauche de Kuriakhine. Compte tenu de l'angulation du poignet, on peut estimer qu'elle est assez proche de l'entrejambe.

– Après ce qui vient de se passer, je comprendrais parfaitement que vous souhaitiez arrêter ici la séance, monsieur Polaris.

– J'aime autant poursuivre. Votre ton m'y encourage. Il m'incite même à penser que cette ultime entrevue pourrait m'être très bénéfique si vous acceptiez que nous fassions à mon idée.

Cette fois, le doute n'est plus permis. Kuriakhine vient d'attraper sa bite. J'ai vu son geste.

– Voilà, je voudrais vous proposer une sorte de jeu. N'ayant plus grand-chose à attendre ou à espérer l'un de l'autre, il me plairait que nous nous offrions une séance insolite. Je vous raconte une histoire pour le seul plaisir de la partager avec vous, et ensuite, vous faites de même.

– C'est une offre alléchante et saugrenue, monsieur Polaris. Elle me paraît formulée par un homme sûr de lui, un homme « armé ». Je l'accepte donc, à condition que vous preniez l'engagement de ne pas venir me consulter si d'aventure, un jour, vous décidiez de reprendre votre cure.

– C'est entendu.

– Je vous écoute.

– Je dois avoir neuf ou dix ans. Je suis en voiture avec mon père. C'est l'hiver, il pleut, la nuit est tombée. Nous roulons sur une petite route de campagne. Il n'y a pas beaucoup de circulation et la voie est étroite. Le chauffage est allumé et le moteur des essuie-glaces émet un bourdonnement régulier. C'est la fin du voyage. Mon père dit que nous serons à la maison dans une heure. Ma mère n'est pas dans la voiture. J'ignore d'où nous venons et où nous nous trouvons. Je sais seulement qu'il y a longtemps que nous n'avons pas traversé de ville ou de village. Je me rends compte qu'une voiture nous suit. J'ai envie de me retourner, mais je ne le fais pas, car je sais que mon père déteste cela. Il trouve cette forme de curiosité déplacée. L'auto déboîte, arrive à notre hauteur et se rabat assez brutalement devant nous, inondant notre pare-brise de ses projections. Il y a une grosse inscription sur la malle arrière. Je lis le sigle d'une marque de chaussettes. Puis, ne laissant dans son sillage que le signal faiblissant de ses feux arrière, le véhicule s'enfonce dans la nuit. Mon père dit : « Ce doit être un représentant. Il roule vite parce que c'est la fin de la semaine et qu'il est pressé de rentrer chez lui. » Il n'y a plus personne derrière nous. Seules les lumières du tableau de bord éclairent l'habitacle de notre voiture. Les mains de mon père sont posées symétriquement de part et d'autre du volant. Lorsque nous croisons un véhicule, ses yeux se plissent imperceptiblement, alors que j'ai tendance à fermer les miens pour me préserver de l'éblouissement. Plaquées par l'air de la vitesse, des

gouttelettes d'eau dansent sur la vitre du déflecteur.
Tous ces petits détails, ces événements insignifiants me
confortent dans mon idée : il se passe toujours quelque
chose sur la route.

» Soudain, mon père freine assez brutalement. J'ai
beau chercher, je ne vois aucun obstacle devant nous.
En revanche, à notre droite, dans un champ en léger
contrebas, j'aperçois les feux rouges d'une voiture qui
semble accidentée. Mon père se gare sur le remblai,
bloque le frein à main et sort de l'auto en claquant la
porte. Il la claque si fort que la compression de l'air
dans l'habitacle me fait mal aux oreilles. Je descends
à mon tour. Malgré la pluie et le froid qui me saisit,
je me mets à courir le long du fossé avant de m'enfoncer dans les hautes herbes. Je me tiens immobile à cinq
pas de l'auto du représentant. Elle a fait un tonneau.
Le toit est écrasé, les flancs déchirés. C'est à peine si
l'on distingue encore la marque de chaussettes peinte
sur la carrosserie. Les phares sont allumés, mais le
capot est si déformé que les ampoules éclairent le sol.
Mon père s'acharne à essayer d'ouvrir la portière. Malgré le choc, l'autoradio du représentant continue de
fonctionner. Le son est très fort. Il remplit toute la
nuit. La pluie froide coule dans le creux de ma nuque.
Mon père soulève la tête de l'homme. Ses yeux sont
ouverts, son regard fixe, et du sang coule de ses oreilles. Pour la première fois de ma vie, je découvre en
musique ce qu'est le visage d'un mort. Mon père se
faufile entre les tôles et le cadavre pour éteindre le

poste. Soudain, on n'entend plus que le bruit régulier de l'averse.

Je n'avais pas préparé cette histoire. Elle a surgi du passé. Elle est remontée spontanément à la surface de ma mémoire. J'observe Kuriakhine. Il respecte la règle du jeu, ne fait aucun commentaire, s'impose quelques instants de silence, puis, à son tour, entame son récit.

– Il y a sept ou huit ans, à Phoenix, en Arizona, à l'occasion d'un congrès de psychiatrie, il m'est arrivé une aventure assez insolite. C'était au printemps. Je rentrais à pied à mon hôtel lorsque, sur l'avenue, j'aperçus la vitrine d'une boutique de montres d'occasion. N'ayant jamais nourri la moindre passion pour l'horlogerie, je serais bien incapable de vous dire pourquoi, ce jour-là, les bras chargés de littérature et de documentation scientifiques, j'ai poussé la porte de ce magasin.

» Des centaines et des centaines de cadrans reposaient avec leurs bracelets patinés à l'intérieur des présentoirs en verre. La quantité et la variété de cette exposition m'ont impressionné. Les marques les plus prestigieuses côtoyaient d'autres labels plus modestes. L'endroit ressemblait davantage à un musée qu'à une boutique. Dans un angle de la pièce, assis sur une chaise haute, un homme trapu lisait un journal.

» Tandis que j'examinais distraitement cette stupéfiante exhibition, mon regard fut attiré par une montre des années soixante, de marque Hamilton, qui offrait la particularité de ne pas posséder d'aiguilles. On lisait l'heure au travers de deux petites lucarnes percées sur le cadran. L'une affichait les heures, l'autre, les minutes. C'était une curiosité. Je demandai à examiner l'objet de plus près. Le vendeur me tendit la Hamilton et se posta face à moi, les mains croisées, les coudes appuyés sur le comptoir. En inspectant le jeu dans l'axe du remontoir, je m'aperçus que quelque chose était gravé sur l'acier du boîtier : *J.F.K., Brookline, 1962.*

» "Savez-vous ce que vous tenez entre les doigts ? me dit le marchand. Une pièce historique. La montre que le président Kennedy portait au poignet quand il a été assassiné à Dallas. Cette montre, aujourd'hui, elle devrait être avec lui, six pieds sous terre. Eh bien non, elle est là." L'homme tira vers lui un tabouret, s'assit confortablement et, d'une voix captivante, commença son histoire invraisemblable : "Cette montre a été offerte à Kennedy en 1962, pour son anniversaire. Je ne sais pas exactement qui lui a fait ce cadeau, mais on peut penser qu'il provenait d'un membre de sa famille, puisqu'on lui a remis ce présent à Brookline, le patelin où il est né, dans le Massachusetts. Le 23 novembre 1963, quand Kennedy monte dans l'avion présidentiel qui doit le conduire à Dallas, il porte la Hamilton au poignet. Quand il s'assied dans la Lincoln décapotable, à l'aéroport de Fort Worth, elle est encore à sa place. Quand les coups de feu claquent sur Elm Street, il l'a toujours sur lui. En revanche, à l'hôpital, dès que le président arrive en salle d'opération, sans doute par souci d'asepsie, une infirmière détache le bracelet et pose la montre sur une tablette roulante. Jusqu'à la mort du président, jusqu'à ce que son corps ait quitté le bloc, nul ne prête plus attention à la Hamilton. C'est une chose parmi d'autres choses. Ce n'est qu'en rassemblant le matériel chirurgical que l'infirmière s'aperçoit que la montre est restée là où elle l'avait déposée. Alors, sans réfléchir, pour des raisons qui la regardent, elle la prend, la glisse discrètement dans sa poche et rentre chez elle regarder les informations à la télévision. Cette femme s'appelait Andy McMurtrie, c'était ma sœur aînée. Quelques mois après l'attentat, elle a quitté Dallas pour s'installer à San Diego. Bien des années plus tard, profitant d'un bref séjour à Phoenix, elle me demanda de réparer le remontoir de la Hamilton. Un soir, au restaurant, elle m'a raconté toute l'affaire. Je n'en croyais pas mes oreilles. Je n'en revenais pas d'avoir une sœur pareille. Le lendemain, on l'a retrouvée morte dans sa chambre d'hôtel. Une overdose, si vous voyez ce que je veux dire. Je ne savais même pas que ma sœur touchait à ça. Enfin, voilà comment la montre de Kennedy est arrivée jusqu'ici. Évidemment, tout ça justifie son prix."

» Je sentais bien que cet homme mentait, qu'il était cinglé et avait inventé cette histoire du début à la fin. Mais, au fond de moi, une petite voix me disait qu'il y avait aussi une chance infinitésimale pour que tout cela fût vrai. Tout peut toujours arriver. Plus je tournais et retournais la montre entre mes doigts, plus je regardais l'inscription sur le boîtier et l'heure affichée dans les lucarnes, plus j'avais envie de croire à sa légende. Finalement, voyez-vous, monsieur Polaris, ce jour-là, c'est un doute sans fin, un doute bien au-delà de mes moyens que j'ai acheté au négociant. Depuis, la Hamilton ne m'a pas quitté. Et comme j'ai peur de la perdre, je ne la porte jamais au poignet. Je la tiens serrée en permanence dans ma main gauche, au fond de la poche de mon pantalon.

4

Anna trouve que la journée n'avance pas. Il est à
peine midi et son corps est déjà engourdi par la lassitude. En arrivant, ce matin, elle espérait secrètement
que Janssen l'appellerait pour se confondre une nouvelle fois en excuses. Mais il ne l'a pas fait. Elle en est
un peu vexée.

L'enfant auquel elle consacre une séance de rééducation l'exaspère souverainement. Il met une évi-
dente mauvaise volonté à accomplir ses exercices et
n'a pas progressé d'un iota depuis le début de son traitement. Il faut dire qu'Anna ne manifeste plus pour
son travail le même enthousiasme qu'auparavant. Certains jours, il lui arrive même de regretter la vie insouciante dont elle jouissait lorsque Samuel, grâce aux
revenus de ses livres, subvenait aux besoins de la
famille. Tous deux menaient à l'époque une existence
assez irréelle, sans horaires ni contrainte véritable, et
il régnait dans la maison une atmosphère de perpé-
tuelles vacances. Bien sûr, l'écrivain écrivait, mais
d'une manière si discrète, si légère qu'on eût pu croire

que cette tâche-là aussi faisait partie du programme général des réjouissances.

C'est du moins ce que croyait Anna Polaris. Jusqu'au jour où Samuel garda le silence à la télévision. A l'instant même où se produisit l'incident, elle sut que bien des choses lui avaient échappé. En revanche, elle saisissait le sens du message subliminal que lui adressait son mari. Il s'arrêtait là. Il n'allait pas plus loin. Le mois suivant, après de rapides négociations avec la direction de la clinique, elle reprit son emploi d'orthophoniste. Elle en voulut longtemps au muet de ne pas l'avoir avertie, de ne pas l'avoir mise dans la confidence. Au moins, elle se serait préparée aux bouleversements qu'entraînait cette retraite fulgurante. Mais, à cette époque, Samuel n'avait rien à expliquer, rien à ajouter. Que pouvait-il d'ailleurs faire valoir ?

L'enfant ne parle plus et fait des bulles avec sa salive. Anna n'intervient pas. Elle le regarde avec patience former des mots comme l'on souffle du verre. Son langage est transparent. L'orthophoniste y lit son échec.

Pourquoi ce matin, au lieu de s'atteler à sa tâche, pense-t-elle autant à Janssen ? Sans doute parce qu'elle est tendue, agacée, et qu'elle associe de plus en plus souvent l'image de son amant à celle d'un sédatif. Au début de leur liaison, au contraire, il l'excitait, la stimulait. Au point de faire naître parfois dans son esprit des idées saugrenues, comme celle de former, avec lui, une nouvelle famille idéale, affectivement solidaire et médicalement complémentaire. Elle se sentait capable de sceller cette alliance, de s'engager dans ce curieux

ménage, ce mariage né du mirage de la libre entreprise. Elle imaginait déjà les avantages d'une telle
société d'économie mixte et contemplait avec gour-
mandise la plaque professionnelle qu'ils pourraient
apposer à la porte de leur nouveau local : ROBERT
JANSSEN, OTO-RHINO-LARYNGOLOGISTE, ANNA POLARIS,
ORTHOPHONISTE, SARAH POLARIS, ORTHODONTISTE. La
cohérence d'un tel cabinet n'aurait échappé à personne. Avec le renfort de Sarah, ils seraient devenus
les maîtres incontestés de la sphère buccale, et leur
union aurait prospéré sur les bases solides de l'amyg-
dalite, de la mastoïdite, de l'alvéolite, de la gingivite
et de la dyslexie.

Il y a bien longtemps qu'Anna a oublié ses désirs de
puissance. Aujourd'hui, elle se contente des quelques
services relaxants que lui dispense Janssen, des bien-
faits comparables à ceux d'un baume camphré.

Maintenant, l'enfant garde les mâchoires serrées et
ne veut plus rien entendre. Il est plus que jamais prisonnier de son mutisme. Paradoxalement, Anna se
sent libre, disponible, remplie d'audace et d'envie,
prête à descendre immédiatement pour peu qu'on le
lui demande.

Cette gorge que Janssen est en train d'examiner est
celle d'un fumeur. L'odeur que charrie l'haleine de
son patient en est caractéristique. A l'intérieur de cette
muqueuse, il voit des amygdales gonflées, une luette
particulièrement imposante, une épiglotte rougie, des

parois pharyngées irritées par le tabac, mais pas de végétations adénoïdes, de polypes ou de fibromes. En revanche, il remarque des dents en mauvais état, des molaires gâtées et mal arrimées à la gencive. Pour rien au monde Janssen ne voudrait être embrassé par une bouche comme celle-là. Il éteint son petit projecteur, pose ses ustensiles et va aussitôt se laver les mains.

Il se lave toujours les mains après une auscultation. C'est également la première chose qu'il fait après avoir couché avec Anna. Ensuite, il se brosse les dents, examine sa queue en détail et la récure longuement dans le lavabo de la salle de consultation.

Après ce qui s'est passé hier, il se demande s'il aura bientôt de nouveau l'occasion de savonner son sexe dans le petit évier. Il n'ose pas rappeler. Par souci de dignité mais aussi par peur d'avoir à affronter ce silence qui l'affole, qui lui fait perdre tous ses moyens. Après ce camouflet, de retour chez lui, il n'a pu s'empêcher de penser à Anna. Et il n'admet pas cela. C'est un manquement grave aux règles qu'il s'impose. D'une manière générale, il s'interdit de désirer sa maîtresse en dehors de l'enceinte de la clinique. Sitôt franchi le seuil de sa maison, il se doit d'être un mari et un père irréprochable, un homme qui sent le savon et l'eau claire. Il est convaincu que cette attitude est le précepte fondateur de toute hygiène mentale.

Robert Janssen sèche ses mains, se tourne vers son patient et dit :

– Votre gorge est assez irritée. Vous devriez, au moins temporairement, abandonner la cigarette.

L'homme sort son chéquier et répond qu'il n'a jamais fumé. Surpris, Janssen hoche la tête en pensant très fort : « Tu mens, salaud, je sais que tu mens. » Et, puisqu'il ne peut s'en empêcher, se gratte le bras.

Il n'a pas le courage de faire entrer un nouveau malade. Il s'accorde un léger instant de répit. Il voudrait manger quelque chose de consistant et de chaud, des pâtes, avec du poivre, du fromage et de la tomate, se nourrir sans les mains, comme un sauvage, un animal, enfouir sa tête dans l'écuelle, mastiquer dans la masse, laper, sucer et avaler. Et boire de l'eau fraîche, beaucoup, longtemps. Ensuite, Anna Polaris, femme d'écrivain, mère de trois enfants et dresseuse de langue, apparaîtrait dans le cabinet. Elle irait d'elle-même s'asseoir sur le fauteuil magique, prendrait ses aises, déboutonnerait son chemisier et glisserait une main sous la taille de sa jupe. Lui, resterait en retrait, dans un recoin intime de la pièce. Quand il le jugerait opportun, il enclencherait le mécanisme, et Anna, tête droite, commencerait à tournoyer sur son manège. Elle virerait ainsi jusqu'à la nausée, jusqu'au vertige, jusqu'à l'excellence clitoridienne, jusqu'à ce qu'elle jouisse de ses propres mains. Il la verrait à l'œuvre, les reins creusés, il la regarderait se toucher, il saurait ce dont elle est capable.

Ensuite seulement, à son tour, il dégraferait son pantalon, et, avec force et vigueur, la main serrée autour de sa queue bien raide, se branlerait dans le petit lavabo.

L'homme qui vient d'entrer se plaint de violentes

douleurs dans l'oreille droite. Avant d'examiner le conduit et le tympan, machinalement, Robert Janssen se savonne longuement les doigts. Ce n'est qu'un bouchon de cérumen. De la cire de glande. De la matière. Rien.

Penser à toutes ces choses l'a rendu fébrile, audacieux presque. Il fait taire ses appréhensions, ce qui lui reste d'amour-propre et téléphone à Anna. Les sonneries se succèdent et se perdent dans le vide.

Anna a déjà quitté la clinique, elle est rentrée chez elle de bonne heure. Cette journée lui a été insupportable, oppressante. Elle l'a sentie constamment peser sur sa poitrine comme de l'emphysème. Alors elle prend une douche, une longue douche d'eau tiède qui l'enveloppe, martèle ses clavicules et le haut de son dos. Sous l'averse, ses cheveux s'agglomèrent jusqu'à former une sorte de pâte lisse, sombre, pareille à de la réglisse. La pression la rudoie, sculpte ses os, picote sa peau. Rien à voir avec l'effet émollient d'un bain. Elle pense furtivement à Robert Janssen. Elle le voit glisser une spatule de bois sur une langue. Il lui semble étonnamment chétif. Sa voix fluette murmure : « Tu sais que je n'aime pas que l'on fume dans mon bureau. » Puis il rapetisse et disparaît dans la bouche de son patient.

Samuel est à l'étage, dans sa pièce, juste à l'aplomb de sa femme nue. Il écoute le chuintement des canalisations. Le bourdonnement de l'Océan. Le raclement de ses doigts sur sa peau mal rasée. Des pensées lui traversent l'esprit. Le Colt. La montre. La loyauté. La vie des commis voyageurs. Les hautes herbes. L'auto-radio. L'infirmière de Dallas. La marque de chaussettes. Brookline. L'audiogramme. La Lincoln décapotable. Le fil dentaire. La boîte de balles. La composition de l'équipe du Stade de Reims dans les années soixante : Colonna, Penverne, Jonquet, Wendling, Rodzik, Piantoni, Vincent, Fontaine, Kopa. Il en manque deux. Les deux mêmes. Encore. Ils se sont toujours faufilés entre les mailles de sa mémoire.

– Tu fais quoi ?

Il sursaute. Il ne l'a pas entendue monter. C'est normal, elle est pieds nus. Ses cheveux sont encore mouillés. Elle porte un peignoir de bain. Il est embarrassé. Il n'ose pas dire qu'il récitait les noms des joueurs d'une vieille équipe de football.

– Rien.

– Tu n'es pas sorti ?

– Si, ce matin.

– J'ai eu une sale journée, rien n'a marché comme je le voulais.

– Tu peux entrer, si tu veux.

Elle franchit le seuil de la porte, la frontière d'un monde qui lui échappe mais qu'elle a pris l'habitude de ne pas juger. Elle se place devant la fenêtre, face à la baie.

– On a de la chance de vivre ici.

– C'est ce que disait mon père.

– J'ai acheté du fil dentaire en rentrant. Ça nous évitera un nouveau caprice de Sarah.

– Je ne comprends pas ces gosses.

– Tu ne fais pas beaucoup d'efforts. Ils ont leurs problèmes. Ce n'est jamais facile de commencer quelque chose. Tu ne leur parles plus. Tu vis comme s'ils n'étaient pas là.

Accoudée à la fenêtre, elle lui tourne le dos. Sous le tissu-éponge, ses fesses s'arrondissent en une large cible. Pendant une fraction de seconde, Samuel pense à la main gauche de Kuriakhine, puis il se lève, contourne son bureau, s'approche de sa femme, s'agenouille, soulève le peignoir de bain et enfouit son visage au plus profond de son cul. Elle ne le repousse pas. Il sent qu'il a le droit d'être là, que pour une fois cela arrange tout le monde. La chair aveugle ses yeux, son nez respire l'odeur mêlée du savon et des sécrétions, sa langue ne fait pas de manières et sa bouche quête un peu d'air. Il est au cœur des choses.

Elle va y arriver. Mieux et plus vite qu'avec Janssen. Il sait tellement bien se placer en elle et durer le temps qu'il faut. Elle creuse ses reins pour sentir davantage sa présence, mais aussi mieux le contrôler. C'est elle qui fixe les allures, les amplitudes. Par instants, elle tourne son visage vers lui et le voit sourire comme un homme qui a trouvé de l'or. Arrive le moment qu'elle attend. Avant de perdre le contrôle, elle lui murmure que sa queue est grosse et qu'elle la veut maintenant. C'est sa dernière volonté. A peine a-t-elle fini sa phrase qu'elle obtient tout ce qu'elle a demandé. Comme autrefois, ses flancs se contractent, sa respiration se bloque, ses veines jugulaires saillent et toutes sortes de choses s'échappent d'elle.

Le soleil se couche. Cela faisait une éternité qu'ils n'étaient pas restés cloués ainsi, l'un dans l'autre, face à la baie.

Ils demeurent ensemble un moment à l'étage, sans parler, puis Samuel descend manger quelque chose à la cuisine. Elle serre son peignoir autour de sa taille et prend une cigarette dans sa poche. Cherchant du feu, elle songe qu'il y a souvent des allumettes dans le tiroir du bureau d'un ancien fumeur.

Ils sont tous à table, le père, la mère et les trois enfants. Livide, tendue, Anna ne s'est pratiquement pas servie. Reposé comme un homme qui aurait passé sa journée à la plage, Samuel découpe son poisson en prêtant une oreille distraite à la conversation absconse des jumeaux, soudain interrompus par une question agressive et perfide de Sarah :

– Quelqu'un a retrouvé le fil dentaire ?

Samuel se fige, dépose ses couverts sur le rebord de son assiette, quitte la pièce, revient quelques instants plus tard avec le rouleau neuf qu'a rapporté Anna et le dépose silencieusement à côté du verre de sa fille.

– C'est toi qui l'as acheté ?

– Non, c'est ta mère. Et maintenant que tu as ce que

tu voulais, j'aimerais pouvoir terminer tranquillement ce repas.

Il a dit cela tout naturellement, avec calme et fermeté, comme au bon vieux temps, lorsqu'il tenait son rôle dans cette maison. Sarah en est toute rose de stupéfaction. Les jumeaux sentent qu'il vient de se produire quelque chose qui leur a échappé, mais ne trouvent qu'une question stupide à poser :

– C'est quoi ce poisson ?

Sans les regarder, sèchement, leur mère répond :

– De l'empereur.

Il a aimé cette journée. Il est un peu plus d'une heure du matin et il ne dort pas. Au garage, assis dans sa voiture, il écoute la radio en regardant les traces boueuses que des chats ont laissées sur le capot. Il ne supporte pas ces bêtes. Leur aspect, leur démarche, leur regard, leur ossature lui répugnent. Autrefois, dans un livre de Herman Ungar, il a lu qu'un adolescent aimait clouer ces animaux vivants, par les pattes, sur une planche, avant de les laisser dériver, hurlant de douleur, au fil des eaux du Rhin. Depuis, chaque fois qu'il voit une de ces bestioles traîner dans son jardin, mentalement, il l'arrime à un radeau de bois et l'envoie au diable, tanguer sur les eaux de la baie. Il allume les voyants du tableau de bord, sort le cendrier de son logement et songe au nombre de cigarettes qu'il a écrasées à l'intérieur. Aujourd'hui encore, bien que vidé et nettoyé, ce petit tiroir embaume la nicotine et le mégot froid. Cette odeur âpre a quelque chose de familier, de rassurant. Il baisse le son du poste, incline son dossier vers l'arrière et, comme un homme qui a fini sa journée, ferme les yeux.

Anna n'arrive pas à trouver le sommeil. Sous son crâne, des idées incohérentes partent dans tous les sens, pareilles à des souris effrayées. Des douleurs spasmodiques traversent sa poitrine et contractent son estomac. Elle allume la lumière de la salle de bains, cherche un sédatif dans la petite armoire, et, avant même d'avoir pu saisir le moindre flacon, s'écroule à genoux et vomit.

Elle a vu le jour se lever. Cela lui a rappelé son premier accouchement et ces heures fébriles qui précèdent un événement dont on ignore s'il sera bon ou mauvais. Elle a bu un café et quitté la maison aussitôt après. Tout le monde dormait encore.

En voiture, elle a roulé un moment sur la route de la côte avant de prendre le chemin de la clinique. A une heure aussi matinale, la plupart des places du parking sont inoccupées. Elle a claqué la porte de sa Honda et, presque instantanément, le mur du bâtiment lui a renvoyé un écho amorti. Ainsi qu'elle le fait tous les matins, elle a aéré son cabinet, rangé quelques dossiers, puis elle est descendue attendre Janssen dans son bureau. Tandis qu'elle patientait, elle l'a imaginé en train de prendre tranquillement son petit déjeuner parmi les siens, promenant sur sa famille un regard de propriétaire foncier. Dans ce cénacle restreint, nul ne remet en cause ses prérogatives, et le train de vie qu'il offre à chacun témoigne de l'excellence de son savoir-faire.

Lorsqu'il la vit assise sur le siège d'habitude dévolu aux malades, il crut un instant que, pour une fois, c'était elle qui venait lui présenter des excuses.

– Ça me fait plaisir de te trouver ici.

– Tu avais raison pour Samuel.

– Quoi ?

– Il n'est pas venu te voir pour un problème médical.

– Tu veux dire qu'il sait ?

– Je crois.

– J'en étais sûr. Je le sentais. Quand je l'ai vu ici, je m'en suis tout de suite douté. Il t'a parlé ?

– Non. Mais en cherchant quelque chose dans son bureau, je suis tombée sur un revolver.

– Nom de Dieu !

– J'ai beau réfléchir, je ne trouve pas d'autre explication. Il n'a jamais eu d'arme de sa vie et celle-là est toute neuve. Il y avait aussi une boîte de balles. J'étais tellement bouleversée que je n'ai pas fermé l'œil de la nuit. Encore maintenant, je n'arrive pas à croire ce que j'ai vu. Tout ça lui ressemble si peu.

– Nom de Dieu !

– Il est si calme, il a l'air tellement détaché de toutes ces choses.

– Nom de Dieu de nom de Dieu !

– Cesse de répéter ça sans arrêt.

– Qu'est-ce qu'on va faire ? Il faut qu'on fasse quelque chose. C'est à toi de trouver une solution.

On aurait dit un renardeau pris dans une cage. Il marchait d'un bout à l'autre de la pièce en grattant furieusement son avant-bras. Son affolement avait quelque chose d'obscène, d'indécent. Anna eut subitement honte d'avoir accueilli cet homme en elle.

– Tu dois arranger ça. C'est ton affaire, c'est à toi de le contrôler, c'est ton mari. Et je te préviens : ma famille doit être tenue en dehors de toute cette histoire. Je ne veux aucun scandale. Un revolver ! Non, mais tu te rends compte ? Ce type est complètement cinglé ! Il est capable de revenir ici pour me descendre. Pour quelle autre raison aurait-il acheté une arme ? Il te faut lui parler, lui raconter n'importe quoi, arrêter tout ça.

Elle se leva, lissa sa jupe et décida à cet instant que plus jamais ce père de famille ne la toucherait. Lui, semblable à un derviche, s'enivrait de ses paroles.

– On ne va plus se voir pendant quelque temps. C'est plus prudent. Tu ne dois plus venir ici, ni me téléphoner. On va attendre que tout rentre dans l'ordre. Ne le provoquons pas. Soyons prudents. De toute façon, on n'a pas le choix. C'est terrible. Ce qui arrive est terrible. Je redoute un malheur. Promets-moi que tu vas t'occuper de tout ça, tout arranger. Il n'y a que toi qui puisses faire quelque chose. Qu'est-ce qu'il faisait quand tu es partie ?

– Il dormait.

5

Le corps d'Anna m'a fait du bien. J'ai dormi d'un sommeil lisse et profond.

Ce matin, au réveil, je n'ai vu personne. Tout le monde était déjà parti. Ainsi ai-je échappé aux mimiques symétriques des jumeaux et aux caprices de l'aînée.

Dehors, l'air est encore frais. Je bois un jus d'orange et une tasse de café. Je ne prends pas assez d'exercice. Mes jambes sont trop maigres et mes pieds ne se ressemblent guère. L'un a l'air vieux et l'autre pas.

Tandis que je roulais sur la route de la jetée, j'ai croisé Anna qui, apparemment, remontait déjeuner à la maison. Je lui ai fait un signe de la main, mais je ne pense pas qu'elle m'ait vu.

Je me demande quel est son sentiment à mon égard quand elle me voit passer mes journées à ne rien faire. Peut-être que je lui inspire le même dégoût que j'éprouve vis-à-vis des chats. Peut-être souhaite-t-elle me voir disparaître avec la marée, rivé à une planche.

Souvent, j'ai eu la tentation de quitter la maison pour ne plus y revenir. Partir un matin, sans rien dire, avec trois fois rien, rouler vers le sud pendant des jours et des jours, choisir un nouveau nom, louer une chambre, tout oublier, peler la mémoire jusqu'à l'os du crâne, et recommencer une petite histoire d'homme avec juste ce qu'il faut de courage et de liqueur séminale.

Le vent frais venant de la mer drosse à la côte des morceaux de bois flotté qui viennent s'érafler contre les blocs de ciment ceinturant la digue. Je pourrais passer des heures, assis là, à la pointe, à regarder des pêcheurs. Chaque fois, je m'étonne de leur patience, je partage leur attente, leur espoir. En revanche, je me sais incapable de jeter des filets ou une ligne à l'eau, de peur de sentir de la vie se débattre à l'autre bout.

Il y a quatre ou cinq ans, dans le nord, je fus invité à une partie de pêche en mer par un écrivain assez singulier, qui publiait les récits de ses aventures sous le pseudonyme prometteur d'Alfredo Shenandoah. Un matin, nous étions partis de bonne heure d'un port brumeux qui ne m'inspirait aucune confiance. Le bateau lui-même semblait se méfier de la mer. Il avait l'allure d'un petit thonier, avec une cabine centrale exiguë, et les explosions d'un vigoureux moteur diesel faisaient vibrer toute la coque.

Après une heure de navigation vers le large, Shenandoah stoppa les machines et s'affaira à découper des appâts sanguinolents pour les accrocher à ses lignes.

Je n'avais aucune idée des espèces qui peuplaient ces eaux et mon hôte semblait bien moins savant, en tout cas beaucoup plus vague, que dans ses carnets de voyage, où tous les éléments de la flore et de la faune étaient abondamment détaillés.

Piètre naturaliste, incapable de faire la différence entre un flétan et un merlu, je jetai ma ligne dans l'Océan comme on lance une pièce dans un bassin.

Lorsque je remontai le poisson, mon cœur se mit à battre aussi intensément que si j'avais couru autour d'un pâté de maisons. Plus que l'émotion ou l'effort, c'est un remords fulgurant, instantané, qui me coupait le souffle.

Je ne voyais que les yeux de l'animal, des yeux énormes, noirs, remplis de reproche et de terreur. Je m'efforçai de déposer la bête en douceur sur le pont pour lui enlever le plus délicatement possible l'hameçon qui le blessait. C'est alors que je m'aperçus qu'il avait avalé le bout de ferraille. Le crochet devait être fiché quelque part au fond de ses entrailles. Au lieu d'achever normalement le poisson, au lieu de lui mettre un bon coup de masse sur la tête, j'adoptai le comportement d'un criminel désireux de faire disparaître le corps du délit. Je me souviens de m'être précipité jusqu'à la trousse de Shenandoah pour me saisir d'une paire de ciseaux afin de couper le fil de ma ligne. Je le sectionnai au plus profond de la gueule du poisson, pour détruire la preuve, pour que rien n'apparût, pour bien signifier que ce qui se passait au fond de son gosier ne me concernait pas. Je voulais effacer toute trace de mon geste.

Ensuite, tandis que sa queue battait furieusement l'air, je balançai la bête par-dessus bord. Pleine d'une vie illusoire, elle disparut aussitôt vers les profondeurs. J'essayais de me convaincre que la plaie interne allait cicatriser et que, bientôt, il n'y paraîtrait plus. Mais je savais parfaitement qu'avant une heure le poisson serait mort.

Presque aussitôt après cet incident, Alfredo Shenandoah remonta une grosse prise hérissée de nageoires menaçantes et l'assomma d'un coup en frappant sa tête contre le rebord du bateau. C'était bien le moins que l'on pouvait attendre d'un homme qui se vantait d'avoir mangé de la cervelle de singe et des yeux de tigre dans la jungle de Bornéo.

– Vous n'êtes pas fait pour ça, Polaris, avait-il ajouté. Bon Dieu, non, vous n'êtes pas fait pour la mer.

La suite devait démontrer que je n'étais guère plus apte à me débrouiller sur la terre ferme.

Un labrador blanc fait le va-et-vient sur la digue en aboyant derrière les mouettes. Je n'ai que quarante-cinq ans, mais j'ai déjà enterré trop de chiens.

Il m'arrive de plus en plus souvent de réfléchir ainsi, par bribes, à des choses insignifiantes. Je n'ai plus de pensée véritablement suivie. Sans doute parce que ma vie n'est plus qu'une succession de saynètes ternes et négligeables. J'existe par fragments, par moments. Et pour me distraire, j'en suis réduit à fréquenter le corps médical, à rémunérer son attention pour qu'il fouille le fond de mes oreilles ou tâte le gras de ma mémoire.

Je n'ai plus rien à faire sur cette jetée.

Sur le chemin du retour, je m'aperçois que je souffre d'une canine. Hier j'ai déjà remarqué qu'elle réagissait au froid, aujourd'hui je note qu'elle est sensible à la pression. Lorsque j'appuie dessus, une violente douleur irradie dans la gencive. Inutile de consulter Sarah pour deviner dans ces élancements les symptômes larvaires d'un bon abcès.

Au moment où je pousse la porte d'entrée de la maison, le parfum que je respire me dit qu'ici, tout près, quelqu'un est en train de fumer.

– Tu es encore là ? Tu n'es pas repartie à la clinique ?

– Je t'attendais.

Le visage d'Anna est sombre et il me vient aussitôt à l'idée qu'elle va m'annoncer quelque chose de grave, notre séparation, son départ, sa liaison avec Janssen. Elle a le regard triste et mal assuré de ces femmes qui se préparent pudiquement à un bonheur nouveau.

– Ce que j'ai à dire est embarrassant.

Je ne dois pas l'aider. C'est à elle de parler. Je veux l'entendre avouer qu'elle désire l'homme qui guérit les sourds. Ensuite, seulement, je lui apprendrai que je savais tout depuis longtemps, et que ce n'était pas un hasard si j'avais choisi de me faire sommairement palper par celui qui la touchait.

– J'ai vu le revolver.

J'ai l'impression que l'on vient de m'arracher à mon élément familier et que je me balance, l'œil hagard, dans un univers inconnu, pendu au bout d'une ligne.

– En haut, hier soir, j'ai cherché des allumettes, et, en ouvrant ton tiroir, je suis tombée dessus. Je n'en ai pas dormi de la nuit. Toute la matinée, je n'ai pensé qu'à ça.

Une violente douleur me traverse la mâchoire, et, par réflexe, je porte la main à ma bouche. L'abcès semble profiter de la situation pour étendre son territoire et planter en moi ses hameçons.

– Qu'est-ce que ce revolver fait dans ton bureau ?

– Je l'ai acheté il y a deux ou trois jours.

– Tu l'as acheté pour quoi faire ?

Une nouvelle déflagration irradie dans toute ma face et m'oblige à fermer les yeux.

– Excuse-moi, j'ai une rage de dent.

– Pourquoi as-tu acheté cette arme ?

– Je n'en sais rien.

– On n'achète pas un revolver sans un bon motif.

– J'en avais envie depuis longtemps.

– Toi, tu avais envie d'un revolver ?

– Écoute, Anna, je suis navré que tu l'aies trouvé. Je ne peux rien te dire de plus.

– Tu ne peux rien me dire de plus ? Tu veux que je m'accommode de cette situation, de la présence de cet arsenal dans ma maison ? Tu veux que je considère comme normal de vivre avec un mari qui a une arme et des balles dans le tiroir de son bureau ?

– Je vais prendre un calmant.

Il y a longtemps que je n'avais pas souffert des dents. J'avais oublié combien cette douleur était spécifique, martelante, agressive. Je crains de devoir consulter. J'attendrai d'y être vraiment contraint.

– Samuel, tu dois m'expliquer.

– Écoute, ce n'est vraiment pas le moment.

– Ça m'est égal.

– Mais qu'est-ce que tu veux que je t'explique, bon sang ? Il n'y a rien à expliquer, rien à ajouter à ce que tu as vu. J'ai un Colt et des balles, voilà.

– Je te reposerai la question autant de fois qu'il le faudra. Pourquoi as-tu acheté cette arme ?

– Pour me défendre.

– Contre qui ?

– Contre moi. Ça te va ?

J'ai répondu cela machinalement, sans réfléchir ni vouloir teinter mes propos de je ne sais quel sous-entendu. Anna semble pourtant avoir trouvé là matière à s'émouvoir. Elle s'approche et me prend dans ses bras avec des précautions que l'on réserve générale-ment aux incurables. Au lieu de me contenter de cet avantage inattendu, quelque chose de trouble me pousse à l'exploiter plus avant.

– Cela fait longtemps que j'ai le sentiment d'être arrivé au bout de quelque chose.

Sans doute pour témoigner sa compassion et signi-fier qu'elle me comprend à demi-mot, Anna me presse tendrement contre elle. Je glisse ma main dans ses che-veux et nous restons ainsi, un long moment, enlacés, embarrassés et perplexes.

– Tu vas me promettre de te défaire de cette arme.
Je ne veux plus qu'elle traîne dans la maison.

– C'est d'accord.

– Sûr ?

– Certain. Comment s'appelle ton dentiste ?

– Magnus Munthe. Tu veux son téléphone ? Vas-y
maintenant.

– Non, je vais attendre encore un peu.

Anna est repartie à la clinique. Je l'ai accompagnée
jusqu'à sa voiture. En démarrant elle m'a souri et semblait rassurée, heureuse et pleine de vie. J'ai beau chercher, je ne trouve pas ce qui, dans mes propos, a pu
l'apitoyer ou la tranquilliser. En tout cas, je me dois
de tenir la promesse que je lui ai faite.

A chaque coup de pioche, j'ai l'impression que ma
gencive et mes sinus vont exploser. Je creuse un trou
au fond du jardin pour enterrer le Colt que j'ai auparavant emmailloté dans un tissu huileux et une poche
en plastique. Je suis en train d'enfouir la seule chose
qui pouvait me rendre un peu de dignité.

Je me comprends.

J'ai passé une nuit épouvantable. Ce matin, je ne
peux même plus effleurer ma dent avec la langue. Les
analgésiques que je prends sont sans effet. Je vois Munthe dans une heure. En attendant, dès le petit déjeuner, je dois supporter les commentaires exaspérants de

Sarah, qui semble très concernée par mon rendez-
vous.

– Munthe est LA Référence, le top. C'est sans doute
le type le plus *pointu* du moment. Tu as de la chance
qu'il ait accepté de te recevoir aussi vite. Je ne comprends pas que tu ne m'aies pas parlé de tout ça hier.
J'aurais pu te donner des anti-inflammatoires. Ça
n'aurait pas soigné ton infection, mais, au moins, tu
n'aurais pas souffert toute la nuit.

– Sarah, je t'en prie, fous-moi la paix.

– Comme tu voudras. Simplement, je te préviens :
les dentistes, surtout les pontes, comme Munthe,
détestent qu'on vienne les voir en phase aiguë, au tout
dernier moment.

– Chérie, laisse ton père tranquille.

– Ça fait des années que tout le monde le laisse tranquille. Des années que tu fais marcher seule cette maison. Lui, il vit ici comme à l'hôtel. Nous n'existons
pas. C'est tout juste s'il nous voit, s'il nous adresse la
parole. Je lui fais des remarques strictement professionnelles sur ses problèmes dentaires et je me fais
rabrouer. Je trouve tout ça exagéré.

C'est la première fois qu'un membre de la famille
formule aussi directement pareil réquisitoire devant
moi. Cela n'appelle aucune réponse de ma part. Les
reproches que m'adresse ma fille sont parfaitement
justifiés. Une seule chose m'afflige : qu'elle m'assène
ses quatre vérités au moment où des grenades explo-
sent dans ma bouche. Elle n'a pas l'excuse d'ignorer
ce que j'endure. Simplement, elle a déjà ce répugnant

réflexe qui est l'apanage de sa corporation : appuyer là
où ça fait mal.

Lorsque les rapports se tendent, Jacob et Nathan se
terrent dans leur gémellité au point de ne plus sembler
faire qu'un. Ils mastiquent leurs céréales lactées avec
un entrain de lémuriens, et le bruit des pétales d'avoine
qui craquent sous leurs molaires sonne à mes oreilles
comme une provocation.

La cage d'escalier de Magnus ruisselle de cuivre
et d'acajou. La secrétaire de Magnus est une beauté
sophistiquée, moulée dans une minirobe collante en
jersey. La salle d'attente de Magnus, constellée de
statues africaines, de trophées de chasse et de poteries
de jaspe, évoque un musée colonial. Le cabinet de
Magnus, dépouillé à l'extrême, avec ses éclairages dis-
simulés et son fauteuil central aux lignes zen, donne à
croire que l'artiste travaille à mains nues. Magnus
Munthe est à lui tout seul une synthèse des décors et
du personnel qui l'entourent. C'est un géant velu dont
les sourcils abondants et broussailleux retombent en
cascade sur les paupières. Il porte une blouse parme,
et une montre en or d'une livre pend à son poignet.
Glissant sur le sol dans des chausses de cosmonaute,
il vous accueille d'un regard distant, comme si vous
étiez un être appartenant à une espèce secondaire.

– Installez-vous, cher ami. Détendez-vous, mon
assistante va prendre une radio de votre dent.

L'assistante est à l'image du hall, du salon, de la

secrétaire et de son patron. Parfumée, poudrée, souriante, prenant des poses, elle fait un cliché de ma mâchoire comme on photographie un mariage. Tandis qu'elle s'éloigne pour développer la prise, je me demande où je suis tombé. J'ai honte que ma fille se destine à un pareil métier, honte qu'elle vénère Magnus, honte qu'elle tienne ce souteneur pour LA Référence.

– Cher monsieur Polaris, je crains d'avoir de mauvaises nouvelles à vous annoncer. Voyez cette radio. Ici : la racine. Là : l'abcès. Et tout à côté, vous voyez, cette masse, c'est le kyste. La source de tous vos ennuis. Et qui ne doit pas dater d'hier. Il y a longtemps que cette dent doit vous agacer. Mais vous avez préféré l'ignorer, attendre le dernier moment. Comme tout le monde. Si vous étiez venu me voir en temps utile, j'aurais pu procéder différemment, mais, maintenant, je n'ai pas d'autre choix que de vous opérer, inciser la gencive, racler le kyste et refermer. Trois, quatre points. C'est le prix de la négligence, cher monsieur Polaris. Mademoiselle, préparez-moi l'anesthésie.

Peu à peu, ma mâchoire s'insensibilise et la douleur disparaît. Magnus installe autour de ma bouche un petit champ opératoire en caoutchouc de couleur verte. Il incline le dossier du fauteuil pour m'avoir à sa merci. Je pense au siège tournant de Janssen, aux lèvres d'Anna, puis Magnus tend sa main gantée de latex vers son assistante qui y dépose un bistouri. Au moment où la Référence incise, celle-là glisse un tuyau flexible entre mes dents, et, par dépression, aspire le sang qui coule dans ma bouche.

L'intervention, parfaitement indolore, est plus longue que je ne l'avais imaginé. Par conduction osseuse, j'entends, plus que je ne ressens, le travail de Magnus. Il curette, rabote, aseptise, fait à sa guise. Parfois, je l'entends souffler derrière son masque. Je ne le quitte pas des yeux.

Dès mon retour, Sarah a tenu à examiner le travail de son confrère. Elle m'a fait asseoir, puis, avec des gestes de dentellière, a soulevé ma lèvre supérieure. En dépit du caractère malsain de ce genre de préoccupations, j'accède à sa demande et, les babines retroussées, lui offre le spectacle de mes plaies.

– Remarquable. Vraiment parfait.

– Les dépassements d'honoraires aussi.

– Écoute, Papa, je connais un tas de types qui sont loin de faire un travail aussi propre et qui sont aussi chers. N'oublie pas tes bains de bouche.

– Ça te choque que je ne travaille plus ?

– Pourquoi tu me demandes ça ?

– Tu en as parlé ce matin.

– Non, tu vis comme tu veux. Si Maman est d'accord, ça vous regarde.

– C'est bien ce que je pense.

– Simplement, je trouve bizarre qu'à ton âge tu passes tes journées enfermé ici à ne rien faire. Ce n'est pas sain. Tu as beaucoup changé en peu de temps. Tu ne parles plus, tu sembles toujours préoccupé, soucieux. Tu crées un drôle de climat dans cette maison. Maman ne dit rien, mais je suis certaine qu'elle souffre de tout ça.

Peut-être. Mais Maman se console en tournant sur des fauteuils magiques, en se faisant injecter des liquides tièdes dans les tympans. Et sa peau frissonne quand le maître des conduits glisse sa langue dans son oreille. L'oto-rhino lape l'orthophoniste. C'est dans l'ordre des choses du monde inversé. Je l'accepte.

J'ai passé une journée désagréable. A mesure que l'effet de l'anesthésie se dissipait, les élancements sont revenus. Une douleur différente, plus sourde, plus profonde, plus chaude que celle provoquée par l'abcès. En milieu d'après-midi, après avoir mangé un biscuit, je me suis aperçu que ma bouche était pleine de sang. Les points – la si remarquable couture de la Référence – avaient lâché. J'ai téléphoné à Munthe. Sa secrétaire, après avoir pris l'avis du Maître, m'a expliqué qu'il était trop occupé pour me recevoir dans l'immédiat, mais qu'un « simple dentiste de quartier » pouvait parfaitement remédier à ce petit problème. J'ai raccroché et décidé de m'en remettre à mon pouvoir de cicatrisation hors du commun. La plaie avait un aspect peu engageant. Les chairs bâillaient à tel point que l'on distinguait parfaitement le collet de la dent.

A l'heure du dîner, j'étais méconnaissable. La joue, la gencive et même l'aile gauche du nez avaient doublé de volume. On aurait dit que j'avais percuté un pare-brise. Ce traumatisme facial modifiait totalement l'expression de mon visage. En me regardant dans la glace, je découvrais un inconnu qui me paraissait doux, plutôt conciliant, passablement ahuri et semblant toujours sur le point de sourire.

Je n'ai pratiquement rien mangé. Ce goût de sang qui suinte m'écœure. Sarah ne tient plus en place et tourne autour de moi pour évaluer les dégâts.

– Laisse-moi regarder. Sois gentil, à la fin.

– Qu'est-ce que la gentillesse a à voir dans cette affaire ?

– Je veux me rendre compte, c'est tout. C'est mon métier.

Son métier. C'est vrai. Il y a longtemps que j'ai découvert les rapports curieux, parfois théâtraux, que ma fille entretient avec la dentisterie. Vers l'âge de quinze ou seize ans, Sarah dut être hospitalisée pour l'appendicite. Je me souviens qu'avant de partir pour la clinique elle mit un point d'honneur à ranger scrupuleusement sa chambre et laissa bien en évidence sur son bureau deux enveloppes destinées à sa mère et à moi. Dans ces brefs messages pompeusement formulés, elle nous disait son affection au seuil d'une épreuve qu'elle assurait aborder avec courage. Deux jours après l'intervention, Sarah, qui commençait à trouver le temps long, appela un matin au téléphone pour me demander de lui porter la boîte dans laquelle elle rangeait son courrier, qu'elle disait vouloir classer et relire pendant son immobilisation. Je montai donc dans son repaire et ouvris le tiroir du bas de sa commode, ainsi qu'elle me l'avait indiqué. Il y avait là, côte à côte, deux boîtes de taille identique. J'en pris une au hasard et l'ouvris. Ce que je vis me glaça le sang. D'un côté, par ordre de valeur, étaient entassés tous les billets de banque que Sarah avait reçus pour ses anniversaires ou ses succès scolaires. Cela représentait une somme considérable. Elle n'avait rien dépensé. De l'autre, enfoncées sur une mâchoire de pâte à modeler, il y avait toutes ses dents de lait et de sagesse, alignées comme des tombes dans un cimetière de glaise. Elle les avait toutes conservées.

L'inflammation d'une ridicule partie de ses intestins me donnait ainsi à voir le secret de ses entrailles. Dans ce coffret, je pouvais tout lire, la configuration de son âme et les priorités de son avenir.

– Je peux ? Tu me laisses regarder ?

Avant même que j'aie pu répondre quoi que ce soit, je sens la pression hésitante des doigts de Sarah contre ma mâchoire endolorie.

– L'œdème n'a rien d'inquiétant. Ça peut arriver après une opération comme celle-là. En revanche, je suis plus embêtée pour les points. Tu ne dois pas rester comme ça.

– J'ai appelé Munthe. Il a semblé moins inquiet que toi et m'a conseillé, par le truchement de sa secrétaire, d'aller me faire voir ailleurs.

– Enfin, Papa, c'est normal. Ce type est un ponte. Il a une clientèle colossale et ne peut pas se permettre de jongler comme ça avec son carnet de rendez-vous. C'est déjà bien qu'il ait pu te caser aujourd'hui. Ensuite, tes points sautent. Il n'y peut rien. Tu as dû forcer dessus. Ce n'est la faute de personne. Simplement, ne lui demande pas l'impossible. Pour un petit problème *post-op* comme celui-ci, tu peux aller consulter n'importe qui.

– C'est ça. Je vais aller chez un dentiste dans cet état et lui expliquer que, si je lui confie ce petit boulot « post-op », comme tu dis, à lui, le toquard, c'est parce que la Référence était trop occupée pour terminer proprement le travail.

– Il ne faut pas voir les choses comme ça.

– Si. Justement.

L'exaspération majore ma douleur. Avant de subir d'autres assauts de l'apprentie, j'avale deux calmants que, dans son immense bonté et sa grande prévoyance, le Maître m'a prescrits.

Sarah me prend le tube des mains et lit la composition du médicament. Heureusement, le téléphone sonne et me débarrasse temporairement de la raisonneuse.

A l'appareil, elle semble aussi à l'aise, aussi affirmative, ausi tranchante que face à ma plaie. J'entends vaguement qu'elle demande à un type de passer la prendre à la maison. Sans doute celui dont elle parlait l'autre jour à sa mère.

Sitôt raccroché, elle monte dans sa chambre pour se changer. Comme une fille qui se prépare à se faire tringler dans une voiture.

6

Sans qu'il s'en aperçoive, à la dérobée, Anna regarde son mari. Sous certains angles, elle a parfois l'impression d'entrevoir un inconnu. Bien que relativement peu important, l'œdème qui déforme le visage de Samuel bouleverse totalement son expression. Ses traits sont différents, son profil, raboté. Il a l'air plus jeune, plus coriace aussi. Anna est troublée par ce nouveau physique. Elle observe Samuel comme on détaille un étranger, en se demandant si elle pourrait recommencer sa vie avec un autre homme, quelqu'un de neuf qui ne saurait rien d'elle et de son passé, qui la considérerait sans arrière-pensée, l'apprécierait pour ce qu'elle est, une femme encore désirable, clitoridienne et salariée d'un établissement de soins.

Évidemment, de telles pensées font remonter Janssen et ses accessoires à son esprit. Janssen et ses nez-gorge-oreilles. Janssen et sa femme. Janssen et ses enfants. Janssen et sa Subaru. Elle sourit en songeant qu'à une époque elle a pu envisager de construire quelque chose avec un homme pareillement encombré.

Fallait-il qu'elle eût perdu l'esprit. Elle a décidé qu'il ne la toucherait plus, qu'il n'aurait plus aucun droit sur elle. Mais elle connaît aussi la faiblesse de ses résolutions en ce domaine. Elle sait avoir parfois besoin d'un homme pour pallier l'indifférence de son mari.

Sarah et les jumeaux sont sortis. Elle allume la télévision et s'assoit sur le canapé. Au bout d'un moment, Samuel la rejoint, se blottit dans un angle du fauteuil, et, comme un enfant fatigué, les yeux mi-clos, tète sa plaie.

Anna tarde à trouver le sommeil et repense à l'entretien qu'elle a eu avec son mari à propos du revolver. Elle sait que plus jamais elle n'abordera ce sujet avec lui. Il est trop insupportable de pénétrer aussi profondément dans l'intimité d'autrui. Aussi gênant et déplaisant que d'enfoncer une sonde dans un conduit urinaire. Il a promis quelque chose et sa parole lui suffit.

Ce n'est plus, désormais, le Colt en lui-même qui l'effraie, mais bien le fait que Samuel ait eu l'idée de l'acquérir. Elle se sent coupable de n'avoir pas mesuré sa peine et sa solitude. Elle s'en veut d'être partie, tous les matins, soigner des bègues à la clinique alors qu'un muet suicidaire dormait dans son lit. Elle repense à la manière dont il l'a prise dans son bureau, à la façon exquise dont il l'a léchée avec sa langue morte.

Il marche à l'étage, va et vient comme un prisonnier dans sa cellule. Elle voudrait monter le voir, lui demander s'il souffre toujours, passer un moment avec lui, mais y renonce, de peur d'avoir à affronter son nouveau visage, ce faciès étranger qui la met mal à l'aise. Ce soir, songe-t-elle, un homme, n'importe quel homme ferait l'affaire.

Elle tourne et retourne son corps dans les draps, cherchant sous l'oreiller un emplacement de tissu frais où glisser sa main. Elle pense à ses enfants qui sont quelque part dans la ville, à la manière dont elle les a élevés, à ce qu'ils sont devenus. Soudain, sans raison, son passé, sa vie tout entière, pèse sur sa poitrine. Sa tête résonne des bruits de pas de Samuel, du grondement lointain de l'Océan et des battements de son propre cœur. Elle ouvre grands les yeux et, dans le noir, se sent seule comme jamais.

– Tu dois me raconter ce qui s'est passé. Est-ce que tu as parlé à ton mari ? Bon Dieu, Anna, tu n'as pas le droit de me traiter comme ça. Hier, j'ai attendu toute la journée que tu me fasses un signe. Dis-moi la vérité.

Janssen a les traits tirés et semble dévoré par la peur et l'angoisse. Il porte une chemise moutarde qui, en ces premières heures du jour, lui donne une carnation de noyé. Cela fait plus d'une demi-heure qu'il attend Anna, dans sa Subaru garée sur le parking de la clinique.

– Franchement, je préfère savoir. Même si ce sont de mauvaises nouvelles. Au moins je pourrai prendre des dispositions, préserver ma famille, tu comprends ?

Il y a des risques pour moi ? Pour les miens ? Si tu ne veux pas me parler, fais-moi juste un signe de la tête. Est ce qu'il sait ?

Sans lui adresser un regard, elle se dirige à grandes enjambées vers le hall d'entrée. L'assaillant de suppliques, en un ballet ridicule, il tourne autour d'elle tel un basset jappeur.

– Ton attitude est incompréhensible, méprisante et blessante. Tu ne peux pas me laisser comme ça, dans l'ignorance. Je n'ai rien fait qui justifie ton comportement. Absolument rien. Je t'en supplie, Anna, réponds-moi.

Elle marche avec résolution dans le long couloir du rez-de-chaussée. Elle dégage une puissance de remorqueur, tirant inexorablement l'autre dans son sillage. L'air sent le désinfectant, tout est clair, net, lumineux.

– J'ai deux interventions tout à l'heure, deux larynx, dont un cancer. Je suis incapable d'opérer dans ces conditions. Regarde mes mains. Anna, je t'en prie.

Elle est dans son cabinet. Sans même s'en rendre compte, lui, d'habitude si prudent, si discret, l'a suivie à l'intérieur de cette pièce dans laquelle il n'était jamais venu auparavant. A l'abri des regards indiscrets, il la harcèle, prend des poses théâtrales et grotesques, fléchit les genoux, se gratte les avant-bras, la menace du doigt et, finalement, l'empoigne par les épaules.

– Lâche-moi immédiatement.

– Bon Dieu, Anna, parle-moi.

– Ne me touche pas.

– D'accord. Pardon. Excuse-moi, mais j'ai perdu le contrôle.

Elle sourit de l'entendre une nouvelle fois implorer l'absolution, allume une cigarette et se délecte de l'arôme matinal du tabac. Janssen s'efforce de ne pas grimacer, de rester stoïque dans la fumée.

– Je suis désolé. Cette histoire me rend dingue.

– Rassure-toi. Tu n'as rien à craindre.

– Tu peux me le jurer ? C'est sûr ? Vous avez parlé ?

– Tu as ce que tu voulais. Maintenant, sors d'ici.

Dans un élan de joie mêlé de gratitude, il se précipite sur elle, la prend dans ses bras, l'agrippe comme un alpiniste s'accroche à la paroi du précipice. Anna garde les bras le long du corps. Elle sent le souffle de Janssen contre son cou et perçoit même son haleine légèrement lactée. Il a la peau douce d'un homme qui vient de se raser. Elle devine les contours flous de son sexe, qu'il presse contre son ventre. Ce contact la dégoûte et lui rappelle le malaise qu'elle avait éprouvé lors d'une séance de rééducation, quand l'un de ses patients avait sorti sa verge et ses bourses de son pantalon, en répétant : « C'est pour vous, pour vous seule, docteur. » Elle n'avait su que faire ni que répondre et s'était contentée de baisser les yeux.

Cette fois, elle regarde devant elle, conserve la tête droite et le corps aussi rigide qu'un piquet. Au moment où Janssen tente d'enfouir son visage entre ses seins, elle dit :

– Lâche-moi tout de suite et sors de ce bureau.

Mais le maître des tympans est devenu sourd. Il

n'entend plus rien ni personne. Une sorte de joie sauvage l'enivre, un bonheur violent brûle ses joues et afflue à ses tempes. Dans un stade, il pousserait un cri et lèverait les bras vers le ciel. Ici, il plante profondément ses mains dans le large fessier d'Anna. Il possède la force et l'assurance d'un homme à qui l'on vient d'annoncer qu'il ne sera jamais malade.

– Laisse-moi.

La voix d'Anna n'a plus la même fermeté. Les doigts qui se glissent en elle réveillent son envie de la nuit passée. Elle ne veut pas de cet homme, elle s'est juré d'en finir avec lui, mais il est plaqué contre sa peau. Elle aimerait le renvoyer à ses cancers, à ses glottes, à sa Subaru, trouver le courage de tenir ses résolutions, cependant qu'une douce lâcheté l'en empêche.

– Tu me dégoûtes.

Sa bouche dit ces mots, mais son pelvis, au contact du sexe, pour une fois hardi, du spécialiste, exprime le contraire. Janssen plonge en apnée vers des fonds qui le fascinent. Il se retrouve confronté à un monde originel, dépourvu des grimaces de la contrition, un univers sans fond qui lui donne soudain à voir d'où il vient et où il va. Il sent couler en lui la force du sang et de l'énergie. Il soulève la jupe d'Anna, empoigne ses deux seins lourds comme s'il voulait les jeter à terre, se glisse en elle avec autorité, puis, une fois dans le corps de cette femme, se débat, pareil à une bête prise dans une nasse.

– Je n'en veux pas. Je n'en veux pas.

Elle se tient debout face au miroir qui, l'autre jour,

lui a renvoyé l'image troublante de ses jambes. Aujourd'hui, dans la glace, elle ne voit que le reflet de l'homme qui s'acharne dans son dos. Elle distingue ses mains déchirant sa poitrine, ses hanches qui battent comme un cœur arythmique et ses cuisses qui, parfois, la soulèvent de terre. Elle n'aperçoit pas son visage et c'est bien mieux de la sorte. Elle est prise par un corps sans tête, un décapité, une verge anonyme. Elle veut qu'il en soit ainsi. Et, dès cet instant, dès que son esprit accepte ce protocole, son plaisir vient, croît progressivement jusqu'au seuil de la douleur et, au lieu de retomber, persiste, au point, cette fois, de la faire crier de joie, contre son gré, dans son bureau, habillée, debout.

Anna regarde les mains de Janssen, ces doigts glissant sur son ventre humide, ces phalanges qui, tout à l'heure, vont se faufiler dans un larynx pour réséquer la tumeur. Elle voit son amant baisser les yeux, remonter son pantalon, passer sa main dans ses cheveux, gratter furtivement son avant-bras et murmurer sur le pas de la porte :

– Pardonne-moi, je suis désolé, j'ai perdu la tête.

Après son départ, elle reste un long moment appuyée contre la cloison, défaite, incapable de répondre à cette question intime qui l'obsède : « Où est passée la vraie Anna Polaris, qu'est-elle devenue ? »

Toute la matinée, elle essaie de se raccrocher à ses consultations, de se consacrer exclusivement à sa tâche, mais elle a le plus grand mal à rester concentrée. Ses pensées ne cessent de lui échapper. La plupart la ramènent dans ces années qui ont précédé son mariage, lorsqu'elle s'appelait encore Anna Barbosa, qu'elle était pleine de vie, ferme, jeune et d'une tout autre qualité d'âme. Cette fille-là n'aurait jamais toléré d'être touchée et possédée contre sa volonté. Elle ne se serait pas davantage fourvoyée dans cette existence conventionnelle où les discrètes lâchetés ont succédé aux reniements.

Barbosa s'était juré de n'avoir jamais d'enfants, Polaris en a élevé trois. Barbosa avait fait vœu de célibat, Polaris est mariée depuis plus de vingt ans. Barbosa se destinait à la psychologie, Polaris s'est réfugiée dans l'orthophonie. Barbosa, sous serre, cultivait du chanvre indien, Polaris, comme tout le monde, plante, au printemps, d'exécrables pétunias. Quelque chose de plus irrémédiable que le temps les a séparées. Si ces deux femmes se croisaient aujourd'hui dans la rue, elles ne se reconnaîtraient même pas. Pourtant, en cet instant, couvrant le phrasé indolent et confus d'un adolescent dyslexique qui ânonne ses exercices, c'est bien la voix de Barbosa, ce timbre clair, distinct, venu du fin fond de sa jeunesse, qu'est en train d'écouter Anna Polaris, songeuse, le menton appuyé sur les paumes :

« Comment t'es tu arrangée pour vieillir aussi vite ? Comment peux-tu à ce point ressembler à Maman, adopter ses travers ? Tu te souviens quand elle recevait ce voisin si bavard et si maigre durant les absences de

Papa ? Cette façon qu'elle avait de glousser : "Non,
monsieur Apter, non, vous n'y pensez pas !" tout en
glissant sa main dans sa braguette ? Combien de fois
les as-tu observés de la chambre du haut, lui qui se
tortillait, et elle qui prétendait repousser ce que ses
doigts étreignaient déjà ? Je t'ai vue tout à l'heure. Et
j'ai tout de suite pensé à notre mère. "Je n'en veux
pas", disais-tu, en accentuant la cambrure de tes reins.
Tu ne trouves pas que le réparateur d'angine a quelque
chose de M. Apter ? Je voudrais te rappeler d'où tu
viens et qui tu es vraiment. Tu portes le nom de Barbosa. Le sang qui te donne la vie est celui des Barbosa.
Ceux qui t'ont ouvert les yeux, qui t'ont délié la langue
s'appelaient Barbosa. Ruben et Alma Barbosa. Le
voyageur de commerce et l'infirmière de nuit. Ils dor-
maient rarement dans le même lit. C'était ainsi. Tu te
souviens de ce que Ruben répétait à sa femme quand
les choses tournaient mal ? "On n'aurait jamais dû
avoir d'enfant. Si j'avais su que nous mènerions une
vie pareille, non, jamais je ne t'aurais fait cette enfant."
Et toi, toujours dissimulée quelque part, tu entendais
ces phrases, et elles te glaçaient le sang. Tu t'imaginais
même que, si les événements empiraient, Papa viendrait un soir dans ta chambre pour t'expliquer qu'il
s'était trompé, qu'il avait commis une lourde erreur,
qu'il devait reprendre ta vie, qu'il ne pouvait pas faire
autrement. En grandissant, tu compris que tout cela
n'était que des mots malheureux dits par des gens
désespérés. Mais, cependant, ton sommeil ne fut plus
jamais tout à fait le même. Pourquoi je te reparle de

tout ça ? Parce que tu es une Barbosa. Et que tu vieillis mal. Maintenant, on va arrêter là. Je n'aime pas ta vie ni ce que tu es devenue. Tu n'as rien respecté de tes résolutions passées. Regarde le gosse qui est devant toi. Il croit que tu l'écoutes, que tu lui prêtes toute ton attention, alors que tu ne l'entends même pas. Tu es à cent lieues d'ici. Tu te trouves dans la maison de ton enfance, réfugiée à l'étage, derrière la porte de ta chambre entrebâillée, et tu observes Maman flirter avec le voisin. "Non, vous n'y pensez pas, monsieur Apter." Sa main, tu vois où se faufile sa main ? »

Anna parle de choses et d'autres avec l'enfant qui a terminé sa séance. Avant qu'il ne s'en aille, elle lui prodigue quelques conseils, des encouragements de pure forme, et lui remet un long relevé d'honoraires impayés auquel elle joint un mot destiné à ses parents. Au moment de glisser la lettre dans l'enveloppe, elle s'aperçoit qu'elle a signé *Anna Barbosa*. Plutôt que de recommencer un nouveau billet, elle se contente d'ajouter un trait d'union à son nom de jeune fille et d'y accoler Polaris.

A treize heures, Anna quitte la clinique au volant de sa voiture. Avant de partir, elle a enfilé le maillot de bain qu'elle conserve toujours dans sa penderie. Elle roule vite, comme si elle allait à un rendez-vous impérieux. La lumière, aveuglante, irise le pare-brise. L'air, frais, possède cette incandescence qui caractérise les premières journées de printemps.

Anna Barbosa-Polaris se déshabille rapidement sur la plage et tout le duvet de son corps se hérisse au contact d'une brise piquante venue du large, chargée d'humidité. Elle attache ses cheveux en catogan, frictionne le sommet de ses épaules, puis se jette dans l'eau mousseuse des rouleaux.

Le froid la saisit et tétanise ses muscles. Pour lutter contre l'ankylose, Anna accélère le ryhtme de sa nage. Chaque fois qu'une vague la coiffe, elle a envie de pousser un cri de lutte et de joie. Elle serait bien incapable de dire ce qui l'a poussée à se mettre à l'eau par un temps pareil. Chaque fois qu'elle a traversé des moments difficiles dans sa vie, elle a toujours éprouvé le besoin de se plonger ainsi dans la mer, de se colleter avec les éléments.

Il lui semble que tous ces tourbillons, ces remous récurent son esprit, que le sel lave sa peau. Elle laisse sur sa gauche une grappe de surfeurs emmitouflés dans leurs combinaisons et cingle vers le large, comme si son salut se trouvait au-delà de la ligne d'horizon.

Son corps s'est maintenant accommodé de la fraîcheur de l'eau et ses bras, déliés et synchrones, agissent comme de véritables roues à aubes. Anna laisse entrer de l'eau dans sa bouche. Elle aime sentir la pression du courant salé sur sa langue. Sa petite natte de cheveux noirs qui émerge à intervalles réguliers ressemble à la nageoire caudale d'un poisson courageux. Si elle se retournait en cet instant, Anna Barbosa-Polaris prendrait sans doute peur en mesurant la distance qui la sépare déjà de la côte, et comprendrait qu'elle n'est pas assez forte pour faire le chemin du retour.

Ni Samuel, ni Sarah, ni les jumeaux, et encore moins l'oto-rhino, n'alourdissent ses pensées. Dans le trouble des remous, seules quelques images mouillées lui reviennent parfois à l'esprit. La bouche maquillée d'Alma. La maigreur de M. Apter. Les retours attendus de Ruben. En principe, il rentrait tous les weekends à la maison. Anna se jetait à son cou pour l'embrasser et essayer de deviner les odeurs différentes des villes qu'il avait traversées, des hôtels dans lesquels il avait dormi. Ruben Barbosa était un père exotique, qui sentait le voyage, une sorte d'explorateur salarié par les compagnies sucrières. Les fins de semaine, Apter évitait de rôder dans les parages.

Anna n'avait jamais vraiment désiré voir ce qu'Alma cherchait avec tant d'empressement dans les pantalons de ce monsieur. Elle refermait généralement sa porte avant que sa mère ne se fût saisie des biens du voisin. Une fois, cependant, elle ne put s'empêcher d'observer cette femme porter ce petit membre à sa bouche.

A cet endroit, la terre s'enfonce rapidement et profondément dans la mer. Sous elle, Anna a déjà trente ou quarante mètres d'eau. Elle flotte sur une fine pellicule, à la frontière de deux mondes, la lisière de deux espèces. Vue des profondeurs, brassant les éléments, Anna Barbosa-Polaris ressemble à une araignée d'eau à la fois gracile et furieuse. Aperçue de la terre, cette petite tache brune qui, au gré des creux, disparaît parfois de la surface peut faire songer à une bille de bois flotté ou aux restes d'une vieille bouée.

Une douleur violente dans la jambe droite, sans doute un début de crampe, immobilise Anna, qui prend rapidement conscience de la situation et de l'énorme distance qui la sépare désormais du rivage. Elle suffoque, ses bronches brûlent et, dans sa poitrine, son cœur cavale. Tandis que son mollet droit la lance de manière inquiétante, elle a le réflexe de se mettre sur le dos et de faire la planche, le temps de reposer ses membres et de reprendre sa respiration. Barbosa est arrivée jusqu'ici, se dit elle, Polaris peut bien faire le chemin du retour.

Anna n'ose pas se remettre à nager tout de suite. Elle flotte sur le dos, les yeux fixant le ciel. Elle entend le clapotement de l'Océan battre à ses oreilles, le froid l'envahit, elle est fatiguée, et il lui apparaît soudain comme une évidence qu'elle n'aura jamais la force de rejoindre la plage.

Elle ne veut pas penser à sa mort, à sa noyade, à toute cette eau salée obstruant ses alvéoles pulmonaires. Elle refuse l'idée de couler lentement, comme une daphnie, d'être engloutie dans ces abysses. Elle ne conçoit pas que sa vie puisse s'arrêter de cette manière, au cours d'une baignade de printemps. On ne disparaît pas ainsi lorsqu'on a un carnet de rendez-vous rempli pour un mois. Elle doit rentrer. « Vous n'y pensez pas, monsieur Apter. » Quelle était la profession du voisin ? Elle ne s'en souvient pas. Cela importe peu. L'essentiel est qu'elle continue de nager mécaniquement, sans réfléchir à l'immensité de sa tâche. Quel âge avait sa mère lorsqu'elle suçait l'os d'Apter ? Elle est incapable de le dire, mais les revoir tous les deux en situation, après tout ce temps, ne la gêne plus. Elle a grandi, Alma a vécu comme elle l'entendait. C'était sa vie, et peut-être que ces incartades étaient sa manière à elle d'éviter la noyade.

Ses bras sont de plus en plus lourds, le froid semble souder ses vertèbres.

Ruben. L'homme des sucres. Il avait toutes sortes d'échantillons dans sa mallette. Du sucre de canne, de la cassonade, du sucre glace, du sucre blanc, en morceaux, en poudre, en cristaux, en pains, de quoi entretenir les caries d'une bonne moitié du pays. Très tôt, il avait appris à Anna une sorte de table de multiplication professionnelle qu'il aimait lui faire réciter en la prenant sur ses genoux : « Sucre d'amidon ? *Glucose dextrogyre.* Sucre de malt ? *Maltose.* Sucre de miel ? *Glucose.* Sucre de lait ? *Lactose.* Sucre de fruits ? *Fructose.* Autrement appelé ? *Lévulose.* »

En ce moment, elle aurait eu besoin de toutes ces molécules avec leurs atomes de carbone. Ses muscles épuisés réclamaient le réconfort du père ainsi que tous les spécimens de sa petite valise.

Ruben n'était pas beau, mais Anna aimait son visage d'absent toujours désiré et chaque fois surprenant. Qu'est-ce que cet homme faisait de ses nuits, de toutes ses soirées passées loin de sa famille ? Peut-être classait-il ses bordereaux du jour et préparait-il ceux du lendemain. A moins qu'il ait eu, lui aussi, des distractions charnelles disséminées tout au long de ses tournées.

Quelque chose vient d'effleurer sa cuisse, une algue ou un poisson. En mer, loin du rivage, ces contacts sont toujours préoccupants. Obnubilée par sa progression, Anna y prend à peine garde. A chaque battement de jambe, ses muscles fessiers semblent se déchirer, s'effilocher comme les fibres d'un tissu qui a fait son temps. Elle regarde vers la terre, et les contours lointains qu'elle distingue lui paraissent aussi inaccessibles qu'irréels. Un sentiment intense de solitude la fait frissonner tout autant que le froid. Elle voudrait pouvoir s'arrimer mentalement à l'un des siens, pour qu'il lui communique l'envie et la force de regagner la rive, mais c'est en vain qu'elle les voit défiler dans son esprit, tous occupés à leurs petites affaires. Il y aurait bien Samuel, mais comment avoir foi, s'accrocher à un homme qui, ces derniers temps, semblait lui-même à la dérive ? Le vent frais cingle ses bras chaque fois qu'elle les sort de l'eau. La mer est plus chaude que l'air. Cette idée que l'Océan la préserve lui plaît.

Elle n'arrivera pas au bout. Des élancements traversent sa poitrine, elle perçoit jusque dans sa gorge et ses mâchoires les battements de son cœur. Tandis qu'elle essaie de reprendre son souffle, elle aperçoit au loin les rares surfeurs qui, par ce temps, guettent malgré tout la naissance de rouleaux praticables. Ces présences la rassurent, lui redonnent un peu de force et de courage. A mi-chemin du but, ces petits points noirs sont à ses yeux des signes de vie. Si elle parvient à les atteindre, elle aura fait le plus difficile. Alors, une fois encore, aveuglément, Anna Barbosa-Polaris ferme les yeux et se remet à battre l'Océan.

Elle crie. La vague la hisse à son sommet, la coiffe puis l'engloutit. Elle émerge d'un remous et hurle à nouveau. L'eau qu'elle avale lui brûle les bronches et les sinus. Ballottée sur une crête, elle voit un homme, couché sur sa planche, qui progresse vers elle en pagayant à contre-courant avec ses bras. Sans le connaître, elle éprouve pour lui une gratitude et une ferveur unique.

Il lui dit de se calmer, l'empoigne sous les aisselles, puis la hisse sur le frêle radeau. Guidée, soutenue par son bienfaiteur, elle s'agrippe au morceau de résine qu'une lame soulève et propulse vers la plage. Elle a l'impression de s'échapper d'une fosse noire et glacée, la certitude de voler à une vitesse grisante vers une nouvelle vie, mais, au moment où la confiance l'envahit, elle est désarçonnée, roulée par la vague et rejetée sur la grève comme un morceau d'épave délavé.

Les yeux rivés sur l'horizon, emmaillotée dans une couverture, Anna grelotte, ses mâchoires tétanisées l'empêchent de prononcer la moindre parole de remerciement. Son sauveteur, boudiné dans sa combinaison de plongeur, les cheveux ruisselants, est resté auprès d'elle. Il lui frictionne machinalement le dos en laissant transparaître son inquiétude :

– Vous avez l'air choquée, vous voulez que j'appelle du secours ?

Elle lui fait signe que non et tente même de se relever. Ses jambes la portent à peine et il l'aide à marcher jusqu'à sa voiture.

Tandis que le surfeur monte la garde au pied de la portière, elle grimpe à bord, se recroqueville sur son siège, branche le chauffage à fond, allume en tremblant une cigarette et, pour la première fois, éprouve le sentiment grisant de revenir chez les vivants.

7

Délicatement, du bout des doigts, je palpe les boursouflures. La douleur s'est atténuée, mais l'œdème déforme toujours mon visage. Ainsi retroussée, ma lèvre fait penser à un bout de tôle tordu. Quant à mon nez, singulièrement épaté et bouffi, il a pris des proportions grotesques. Si je suis encore dans cet état demain, j'irai demander des comptes à Munthe.

De retour de la clinique, Anna m'a raconté qu'à l'heure du déjeuner elle a nagé si loin de la côte qu'elle a cru ne jamais pouvoir rejoindre la rive. La seule chose que j'ai trouvée à lui dire a été :

– Comment peut-on avoir l'idée de se mettre à l'eau par un temps pareil ?

Ensuite, je lui ai demandé de me livrer les détails de son aventure. A mesure qu'elle avançait dans ses explications, j'ai mesuré les risques qu'elle avait encourus. Selon les indications qu'elle m'a fournies, j'estime qu'elle a accompli un périple de plusieurs kilomètres. Avec une eau aussi froide, c'est de la pure folie. Quand elle a terminé son récit, je n'ai pas pu m'empêcher de poser cette curieuse question :

– Sais-tu ce que je faisais au moment exact où tu risquais ta vie ?

– Aucune idée.

– Des bains de bouche. J'étais assis sur le tabouret dans la salle d'eau et je me rinçais les gencives avec un verre d'eau chaude et du désinfectant.

Malgré mon apparent détachement, j'ai du mal à comprendre ce qui peut pousser une orthophoniste salariée d'une clinique réputée à quitter son cabinet pour se jeter dans l'Océan à l'heure du déjeuner, alors que l'hiver finit à peine et que les chaudières sont encore en activité.

Je voudrais avoir le fin mot de cette affaire. Avant de passer à table, je décide d'aborder à nouveau le sujet avec Anna :

– Qu'est-ce qui t'a incitée à partir à la plage en plein milieu de ton travail ?

– Rien, je ne sais pas. Et puis, ce n'était pas en plein travail. Mes consultations du matin étaient terminées. J'avais un peu de temps devant moi, j'ai vu mon maillot accroché dans le vestiaire, je l'ai pris et je suis partie sans réfléchir.

– Mais enfin, avec ce temps, tu pouvais bien te douter que l'eau serait glacée.

– Sans doute.

– Et ça ne t'a pas arrêtée ?

– Écoute, on ne va pas passer toute la soirée sur cette

histoire. C'est le fait d'être passé si près du veuvage qui te rend nerveux ?

L'idée du veuvage ne m'a jamais effrayé. Au contraire. Il m'est même arrivé d'envisager la viduité sous la forme d'une renaissance. D'abord le chagrin purificateur, ensuite le regain des sentiments d'indépendance, et enfin le retrait radical dans une nouvelle existence solitaire et sauvage. Tout cela est assez théorique, j'en conviens. Mais je me comprends, je sais ce que je veux dire. Être débarrassé du souci et du regard de l'autre. Ne plus avoir à se surveiller. Ignorer la culpabilité. Régner sur sa décrépitude. Pouvoir se détruire sans témoin. Posséder un Colt. Ne pas l'enterrer dans le jardin. Se noyer sans remords. Baiser Janssen sans entraves. Vivre la porte ouverte. Tout cela a un sens.

– Tu as vu le résultat du travail de Munthe ?

– C'est moins gonflé qu'hier.

– Tu plaisantes. Je n'arrive pas à comprendre comment ta fille et toi pouvez toujours trouver des excuses à ce con prétentieux. Il est pour moi l'archétype du faux jeton incompétent et arriviste. Tu as vu l'allure de son personnel et la décoration de son cabinet ? Dès que j'ai mis les pieds dans cet endroit, j'ai senti que les choses allaient mal se passer.

– Cesse d'être toujours aussi négatif. Ne généralise pas. Munthe est un bon dentiste. Avec toi, il n'a pas eu de chance, c'est tout.

– C'est lui qui n'a pas eu de chance ? J'ai un visage complètement tuméfié, un trou dans la mâchoire, une gencive qui tombe en lambeaux, et c'est lui qui n'a pas eu de chance avec moi ?

– Ce que j'essaie de t'expliquer, c'est que ce genre de petites complications opératoires arrive une fois sur cent et que la malchance a voulu que ça tombe sur toi. Ta fille a raison, tu sais. On ne peut plus rien te dire. Si tu n'avais pas attendu le dernier moment, peut-être les choses se seraient-elles mieux passées.

J'ai envie de lui dire qu'elle aussi a attendu le point limite pour rebrousser chemin lors de sa baignade, bien que les risques qu'elle encourait aient été autrement significatifs que ceux que je prenais en négligeant un problème dentaire. J'ai envie de lui dire qu'elle n'est pas qualifiée pour m'adresser ce genre de reproches, qu'une femme qui prend pour amant un homme dont l'activité principale consiste à se gratter le bras manque pour le moins de discernement. J'ai envie de lui dire que notre vie commune n'a plus le moindre sens, que nous sommes déjà morts et que nos expériences chez l'armurier ou dans les eaux de la baie témoignent seulement de notre volonté maladroite de dégager la piste.

– Tu n'aimes pas qu'on te dise des choses comme ça.

Après avoir fait cette remarque, Anna prend délicatement mon visage dans ses mains et dépose un baiser plein de compassion sur ma joue enflée. Je lui réponds par un sourire qui, dans mon état, j'en suis sûr, tient davantage de la grimace, et je ne peux m'empêcher de songer que, si j'étais veuf, à l'heure qu'il est, au nom de mon chagrin, je me serais remis à fumer.

Le dîner se déroule sur un mode inhabituel, serein, dépourvu d'agressivité. Tout le monde semble enchanté de se retrouver à la même table. Nathan et Jacob sont captivés par le récit des aventures de leur mère. Sarah, légèrement en retrait, paraît surtout prendre la mesure de ses propres faiblesses face à cette mère dans la force de l'âge, robuste au physique comme au moral, et encore capable de se mettre volontairement en danger. Elle sent bien qu'elle n'est encore qu'une apprentie de l'amalgame, seulement capable d'enchaîner quelques brasses au plus fort de l'été. A l'Océan comme dans la vie, je crois bien que Sarah ne s'est jamais aventurée là où elle n'avait pas pied. Je pense même que ses frasques automobiles représentent, à ses yeux, le point culminant de la licence, de la hardiesse et de l'audace. Bien que toutes les deux s'adonnent à des travaux de bouche, un monde sépare ma femme de ma fille.

J'ai entendu Sarah annoncer tout à l'heure à sa mère que son petit ami – celui de la voiture – viendrait après le repas prendre le café en notre compagnie. Dans des circonstances à peu près similaires, j'ai vu défiler dans cette maison trois ou quatre de ses prédécesseurs. Je peux dire que je ne garde aucun souvenir marquant de l'un d'entre eux. Sauf peut-être ceci : ils se ressemblaient tous et partageaient la même passion pour les bridges et les pivots.

Anna continue de griser ses fils avec son aventure, lorsque Sarah la coupe au milieu d'une phrase :

– A ton âge, tu ne devrais pas t'amuser à des choses pareilles. Tu as eu une sacrée chance de t'en sortir. Un tel effort brutal, avec un froid pareil et sans entraînement physique, c'est la voie royale pour l'arrêt cardiaque.

La petite peste n'a pas pu s'en empêcher. Incapable, face à sa mère, de soutenir la comparaison en matière de force et de courage, Sarah fait implicitement valoir sa jeunesse, sa fraîcheur, ses seins haut plantés, ses cuisses fermes, ses fesses hardies, son ventre plat et l'insolente irrigation de ses muqueuses vaginales. Si cela était possible, elle nous ferait tâter la robustesse de son cœur, la solidité de son péricarde, la consistance de ses ventricules, la souplesse de ses valvules.

– En tout cas, sois gentille, Maman, tout à l'heure, ne parle pas de cette histoire devant Hans.

– Et pourquoi donc ?

– Son père est mort noyé il y a deux ans.

– Comme ça, en nageant ?

– Non. Il est tombé de son yacht pendant une croisière et il a coulé à pic. On ne l'a jamais retrouvé.

Je me demande si le but de cette incidente est d'épargner quelque chagrin inutile à ce cher Hans, ou bien si notre fille utilise cette opportunité pour nous faire savoir que nous allons recevoir ce qu'il était jadis convenu d'appeler un « bon parti ».

– Depuis cet accident, Hans n'a pratiquement jamais réutilisé le voilier. Il le laisse amarré à quai.

– Qu'est-ce que c'est comme bateau ?

– Un énorme ketch.

– Celui qui est à l'entrée du port, ce gros machin en teck et en acajou ?

– Ce gros machin, comme tu dis, exactement.

J'ai hâte de connaître l'héritier du noyé. Avant de monter dans mon bureau, au fil d'une conversation entre Sarah et Anna, j'ai cru comprendre que le nom de famille de Hans était Brentano et que ce jeune homme, après avoir brillamment terminé ses études, était sur le point d'ouvrir un cabinet de chirurgien-dentiste. De ma fenêtre, titillé par la curiosité, je guette l'arrivée de ce Brentano. Vu d'en bas, mon visage difforme doit ressembler au faciès tourmenté d'une gargouille de cathédrale.

– Vous permettez ?

Il n'attend même pas ma réponse et, du bout des doigts, soulève un pan de ma lèvre. Comment puis-je me laisser faire ? Tout ceci est de la faute de ma fille. A peine m'avait-elle présenté à ce gommeux que déjà elle lui détaillait la nature de mon traumatisme, décrivait l'état de ma bouche et la nature de mes plaies. L'autre n'en demandait pas tant. Tenant sans doute à me prouver à la fois son expertise, sa disponibilité et son esprit de décision, il s'agrippe maintenant à ma lippe et palpe ma mâchoire.

– C'est Munthe qui a fait l'intervention ?

J'opine et je remarque qu'un voile d'incrédulité se

pose sur le visage de Brentano. Apparemment, il n'en revient pas que la Référence ait bâclé pareillement son travail. Vais-je trouver un allié inattendu en la personne de ce serviable garçon ?

– Le fait d'aller consulter en phase aiguë n'a pas arrangé les choses. Le processus inflammatoire devait être déjà sérieusement entamé. Ensuite, après l'intervention, sans vous en rendre compte, vous avez dû tirer sur vos points. A mon avis, il n'y a plus grand-chose à faire, sinon désinfecter soigneusement et attendre la cicatrisation.

Je veux qu'il lâche ma lèvre. Qu'il ôte tout de suite ses doigts de mon visage. Ce type est chez moi, dans mon salon, et le fait qu'il baise ma fille ne l'autorise pas à me faire la morale ni à tripoter mes dents. A la façon d'un vieil ami, il pose sa main sur mon épaule et me glisse familièrement :

– Ne vous en faites pas, Samuel, dans deux semaines il n'y paraîtra plus rien.

Qui est ce Brentano ? Je ne lui ai rien demandé, et voilà que j'ai soudain le sentiment d'être souillé, floué, envahi, assiégé par cet héritier fortuné. En s'adressant à moi sur ce ton, il vient de me traiter comme un vieil employé de maison auquel il aurait fait l'aumône d'une consultation. J'avais tort. Hans Brentano ne ressemble en rien à tous les petits freluquets qui l'ont précédé ici. Il est bien pire. Lui possède l'arrogance, l'assurance, l'aisance que procure l'argent : il n'est pas sur terre pour gagner sa vie, mais bien pour dépenser sa fortune. Cela ne lui donne pas le droit de me taper dans le dos ni de m'appeler par mon prénom.

J'attends qu'il prenne place, qu'il s'installe confortablement sur le canapé, je le laisse complimenter ma femme sur la qualité de son café, j'ai tout mon temps. Qu'il se sente à son aise, qu'il croise ses jambes en pensant qu'il est le nouveau centre d'intérêt de la famille. Qu'il croie être celui que nous attendions depuis toujours, ce gendre doté que nous convoitions, ce messie devant lequel nous allons nous incliner en ouvrant toutes grandes nos bouches. Qu'il croie tout cela.

Brentano nous fait maintenant part de ses projets professionnels. C'est passionnant. L'achat du cabinet, les travaux d'aménagement, les inévitables démêlés avec l'architecte et l'entreprise de bâtiment. Il ordonne, coupe, tranche son avenir comme un prestidigitateur manipule les cartes. Qu'il continue, qu'il pérore, qu'il caquète au nom de la jeunesse et de la banque. Je l'attends. Dès qu'il se tait, il est à moi.

– Ma fille nous a dit que vous possédiez un bateau. Vous naviguez beaucoup ?

Sarah me poignarde du regard, Anna paraît gênée, les jumeaux, prédateurs-nés, dressent l'oreille, quant à l'héritier, il toussote avant de répondre d'une voix embarrassée :

– Non, très peu.

– Vous n'aimez pas la voile ?

– Je n'en garde pas que de bons souvenirs.

– Je vois. Vous vous méfiez de l'eau, c'est un peu ça,

non ? Je vous comprends. Ce n'est pas vraiment notre élément naturel. Figurez-vous que, pas plus tard que cet après-midi, Anna a failli se noyer. Elle a voulu prendre un peu d'exercice, à mon avis de manière un peu prématurée, compte tenu de la saison, en nageant dans l'Océan. Elle est allée si loin vers le large qu'elle n'a pas eu la force de revenir. Un surfeur a dû la secourir avec sa planche. Si ce jeune homme n'avait pas été là, elle coulait à pic. J'ai toujours pensé que la noyade doit être la pire des morts. Toute cette eau qui s'engouffre dans vos poumons... Quelle horreur ! Vous ne pensez pas ?

– Vraisemblablement.

– Quel genre de bateau possédez-vous ?

– Un ketch de dix-sept mètres.

– Sur un bâtiment pareil, on doit se sentir particulièrement en sécurité. Il est amarré au port ?

– Juste à l'entrée.

– La prochaine fois que je m'y rendrai, je ne manquerai pas de l'admirer.

En cet instant, pour que mon bonheur soit parfait, il me suffirait d'allumer une cigarette, d'aspirer la fumée bleue et, avec ma bouche bancale, de la souffler en souriant au nez de toute cette famille et de son invité. Au lieu de quoi, je renifle mes doigts comme au temps où je fumais. Ils ne sentent que l'abstinence.

Pour atténuer le malaise, Anna questionne l'orphelin sur un sujet anodin tandis qu'à l'expression de son regard je sens que Sarah voudrait me tronçonner vivant. Qui sont tous ces gens qui prétendent m'expliquer ce que je dois faire, comment vivre et prendre soin de moi ? A peine sortis de l'enfance, munis d'un diplôme de flanelle, ils se lancent avec conformisme et respect dans le jeu des coteries professionnelles. A vingt ans, ils ont déjà des âmes de notaires et des ambitions de vieillards. Ils songent à leur réputation, rêvent de salles d'attente en marbre, de carnets de rendez-vous remplis, de kystes opérés à froid, de pyorrhées jugulées. Et, de temps en temps, pour faire comme leurs parents, ils copulent sur un siège de berline. J'aimerais les voir à l'œuvre dans ces moments-là, taper à la vitre et leur dire qu'ils s'y prennent comme des manches.

Hans ne fume pas. Tandis qu'Anna, décidément très nerveuse, allume une nouvelle cigarette, je sens que l'héritier brûle de nous faire un exposé sur le tabagisme passif, les risques que les fumeurs font encourir aux innocents de son espèce. Mais ce Brentano-là est encore trop tendre, trop neuf dans le métier et la famille pour oser s'attaquer à Anna, une femme qui, aux confins de l'hiver, a traversé la baie à la nage. La petite torture que je viens d'infliger à ce morveux n'est rien à côté des souffrances qu'il se prépare à faire endurer à la moitié de la ville.

– L'hygiène dentaire commence avec l'usage quotidien du fil dentaire. Avant la brosse et le dentifrice, il y a le fil dentaire. C'est essentiel. Je suis un adepte de la prévention. En toutes choses.

Il a repris de sa superbe. Écoutez-le pontifier. Ses jambes sont croisées, ses bras étalés sur le fauteuil, ses doigts tâtent négligemment le tissu du siège.

– Sarah m'a dit que vous écriviez des romans, Samuel. C'est un métier passionnant, non ?

– Ce que vous a raconté ma fille est en partie inexact. Je ne publie plus depuis des années.

– Pourquoi donc ?

Voilà donc la revanche inattendue du petit Brentano. Il espère me faire toucher les épaules en me titillant sur ma stérilité, sujet à propos duquel ma fille a dû largement l'informer. Je le regarde d'un air que j'espère condescendant et réponds :

– La paresse.

Le piètre jeune homme au ketch flamboyant n'espérait tout de même pas que, sur son ordre, dès notre première rencontre, j'allais me jeter à l'eau et barboter devant lui dans quelques explications misérables ! Car, jeune Brentano, si j'avais à dire la vérité sur cette affaire, ce n'est pas à un dentiste de votre acabit que l'idée me viendrait de la révéler. En revanche, à un homme qui ne posséderait pas toutes vos certitudes, j'expliquerais que, si j'ai un jour arrêté d'écrire, c'est parce que, simplement, je me suis mis à douter de tout. De moi, du sens de mon travail et de l'intérêt des livres en général. Quand on se met à réfléchir à ce genre de problèmes, cela signifie que l'on a déjà basculé de l'autre côté. Publier demande un minimum de foi, d'orgueil et d'aveuglement. Or, je ne possède plus aucun de ces sentiments énergétiques. Je n'ai plus la

vitalité ou l'innocence qui permet d'avancer d'un jour
sur l'autre, de passer d'une phrase à la suivante. Tout
au plus suis-je désormais capable de décrire les symptômes de ma paralysie, de me livrer moi-même à une
médiocre autopsie de ma vie. Alors, quand un individu
dans votre genre me demande le pourquoi de mon
retrait, j'invoque systématiquement la paresse. Je n'ai
jamais fait partie, cher Hans, de ceux qui croient que
l'écriture est une activité noble. Un romancier n'a
jamais été pour moi autre chose que le résultat d'un
croisement hybride entre un grammairien et un conces-
sionnaire Toyota. Je me comprends.

– Sarah m'a promis de me passer quelques-uns de
vos livres. J'ai très envie de les lire. Dès que j'aurai
terminé le premier, je vous en parlerai.

Cela veut donc dire que nous aurons l'occasion de
revoir ce petit Brentano, qu'il va revenir dans cette
maison, y prendre des repas, quelques habitudes et –
pourquoi pas ? – y dormir. Au ton de sa conversation,
à ses manières, je devine que le dentiste a l'intention
de s'incruster sur le long terme. Il est probable que ce
merdeux me verra donc un jour au lever, qu'il posera
sa main sur mon épaule et me préparera du café au
nom de je ne sais quelle affection. Il est envisageable
qu'il recherche en moi le père qu'il n'a plus. Cette idée
me soulève le cœur.

– Comment l'as-tu trouvé ?
– Qui ça ?

– Ne fais pas l'imbécile. Hans, bien sûr.

– Comme tous les autres. Insignifiant et sûr de lui.

– Tu as été odieux avec ce gosse. Je ne sais pas ce qui t'a pris de lui parler de baignade et de noyade malgré la mise en garde de Sarah.

– Je l'ai fait à dessein.

– C'est bien ce que je te reproche.

– Je ne supporte plus ce genre de type.

– Je crois que tu ne supportes plus rien ni personne. Tu deviens aigri et méchant. Tu as volontairement blessé ce gamin qui ne t'avait rien fait.

– Si. Il s'est adressé à moi comme si j'étais de la merde. Il a été condescendant, me reprochant pratiquement d'avoir eu un kyste, un abcès et d'être allé déranger pour si peu son faisan de confrère. J'ai passé l'âge des leçons de morale. Je ne connais pas ce Brentano et je me fous complètement de lui, de son noyé de père et de son satané voilier.

– Tu dis absolument n'importe quoi et, en plus, tu es paranoïaque. Hans ne t'a pas du tout maltraité. Au contraire. S'il t'a examiné, c'est uniquement pour te rassurer, et peut-être aussi pour essayer de créer des liens avec toi.

– Mais moi, je ne veux avoir aucun lien avec lui, absolument aucun. Qu'est-ce que c'est que cette idée de créer des liens ? Un morveux que je n'ai jamais vu rentre chez moi, tripote ma lèvre, et je dois aussitôt le prendre dans mes bras ? Tu débloques ou quoi ?

– Je ne débloque pas du tout. Sarah m'a parlé. C'est très sérieux entre eux. Ils ont l'intention de vivre et de travailler ensemble dans un an. Dès qu'il aura installé son cabinet.

– Et voilà. Le cabinet maintenant. Le ciment de l'union moderne. Comment peux-tu cautionner une chose pareille ?

– Je ne cautionne rien du tout, je te dis simplement ce que Sarah m'a annoncé. Ta fille finit ses études de dentiste et je ne vois pas ce qu'il y a de scandaleux à ce qu'elle sorte avec un dentiste qui lui plaît et avec lequel elle envisage de s'associer, dans tous les sens du terme.

– C'est incroyable. On dirait que tu me parles de la fusion de deux sociétés, du rapprochement de deux compagnies.

– Tu déformes tout. Qu'est-ce qui te prend de réagir de cette façon ?

– Je n'aime pas la cupidité, l'avidité avouée de ces mômes. Voilà ce qui me prend.

– Personne ne te demande d'aimer leur style de vie. Contente-toi d'être aimable avec le garçon dont ta fille est amoureuse. C'est aussi simple que ça.

– Justement. Tu n'as pas l'air de comprendre qu'en ce moment il m'est particulièrement difficile d'être agréable avec un dentiste.

– Tu as vraiment le don de compliquer toutes les situations.

– Je ne crois pas.

Réveillé à plusieurs reprises par des cauchemars, j'ai passé une nuit détestable, si bien que, ce matin, j'étais le premier levé. L'œdème ne s'est pas résorbé. Il est temps d'aller demander des comptes à Munthe. Sarah prend son petit déjeuner en même temps que moi et ne m'adresse pas un regard ni la moindre parole. Quant aux jumeaux, plus vifs qu'à l'ordinaire à pareille heure, ils me tapent sur l'épaule en guise de bonjour. Ce geste familier, si inhabituel de leur part, me fait sursauter tout en m'incitant, la surprise passée, à faire semblant de m'intéresser à leurs préoccupations du jour.

– Vous travaillez sur quoi en ce moment ?

– On est sur le réseau.

– Le réseau de quoi ?

– Internet. On fait des recherches dans la Banque européenne de la musique underground. On trouve toutes sortes d'enregistrements mis en libre consultation par des groupes plus ou moins connus. Bee Stung Lips de Houston ou Deeper d'Oakland, ou encore Compulsives, enfin des machins comme ça.

– Comment arrivez-vous jusqu'à eux ?

– Par un serveur anglais. Avec ces codes.

Nathan sort une fiche de sa poche et la fait glisser vers moi avec un geste de croupier de casino. Sur le document, je lis ce texte abscons : « Pavilion : 0273 607072 <info@pavilion.co.uk> Adress : *http ://www. southern.com/iuma/index_graphic.html.* » J'émets un bruit de gorge qui se veut amical, et, pressé de me débarrasser de ce charabia, je retourne ces notes à leur propriétaire. Jacob paraît content de l'intérêt que je porte à ce qui donne un sens à sa vie. Il se gratte machinalement la tête et s'empare de la boîte de céréales. L'instant d'après, le festin des jumeaux commence. Je les regarde se nourrir un moment, voraces et disgracieux, tandis que leur mère, une tasse de café à la main, fume, à contre-jour, sa première cigarette de la journée.

En me voyant pénétrer dans le hall, alors que je n'ai pas pris rendez-vous, la secrétaire semble à la fois embarrassée et contrariée. Avec mon visage de supplicié, elle ne peut décemment pas me jeter à la porte et préfère louvoyer en essayant de me convaincre de revenir demain, affirmant qu'aujourd'hui « le docteur est totalement débordé ». Sans me préoccuper de ses observations, j'entre dans la salle d'attente, salue ostensiblement les trois personnes qui s'y trouvent et m'installe sur un fauteuil de cuir confortable. En affichant ainsi mes boursouflures dans cet endroit feutré et recueilli, j'ai le sentiment de confondre l'usurpateur, de clamer à la piétaille qui souffre qu'elle encourt pareille disgrâce si elle persiste à accorder sa confiance au rebouteux. Je me sens bien et plein d'allant.

Entre deux patients, l'assistante poseuse vient me voir et me glisse avec un sourire hypocrite :

– Vous ne pouvez pas rester là, monsieur Polaris. Le docteur ne vous recevra pas aujourd'hui. Vous devez prendre un rendez-vous avec la secrétaire.

Je ne réponds rien et me contente, comme un bas-rouge menaçant, de retrousser ma lèvre supérieure, dévoilant ainsi mes plaies et montrant mes dents. Surprise de ma réaction, elle fait un pas en arrière et rejoint en trottant l'antre de son patron. J'ai tout mon temps, je ne bougerai pas de là avant d'avoir vu la Référence.

Deux nouveaux patients sont arrivés. Une femme âgée, qui semble mastiquer en permanence un fantomatique chewing-gum, et un homme d'une cinquantaine d'années, en proie à une vigoureuse rage de dents. J'entends d'ici les récriminations de Munthe, se plaignant d'être une nouvelle fois obligé d'intervenir à chaud.

– Le docteur est formel, monsieur Polaris, vous devez absolument convenir d'un rendez-vous avec le secrétariat. Il est inutile de patienter davantage. Ça ne sert à rien. On ne vous recevra pas.

L'assistante revient à la charge. Elle adopte maintenant un ton comminatoire et méprisant. Campée et cambrée sur ses talons aiguilles, elle me traite avec mépris, ainsi que l'on fustige un élève récalcitrant et buté.

– C'est votre patron qui m'a mis dans cet état, et je n'ai pas l'intention de quitter le cabinet avant qu'il m'ait examiné. Dites-lui bien ça. Dites-lui aussi qu'avec les dépassements d'honoraires qu'il pratique il a plutôt intérêt à se montrer conciliant.

– Qui doit se montrer conciliant ?

Munthe vient d'apparaître dans l'embrasure de la porte. Il me paraît encore plus imposant que lors de ma première visite. Appuyé d'une main contre l'huis, dans une blouse saumonée, coiffé d'un calot du même ton, il fait penser à une statue de sucre.

– C'est vous qui faites tout ce scandale ?

– Je ne fais aucun scandale. J'attends mon tour.

– C'est inutile, je ne vous verrai pas. La dernière fois, je vous ai reçu en catastrophe par pure amitié pour votre femme. Maintenant, ça suffit. Vous emprunterez désormais la voie normale du secrétariat.

Chacun de ses mots m'écorche comme du fil barbelé. Me faire passer pour un resquilleur... Le salaud ! Un tremblement nerveux s'empare de mes mains, les répliques cinglantes restent enfouies au fond de ma gorge, mon esprit paraît tétanisé, et, pour exprimer toute cette tension, je ne trouve qu'à hurler :

– Vous commencez à me faire chier !

C'est sans doute la première fois que tous ces vases et ces marbres entendent pareille chose. Munthe ne bronche pas. Avec calme, il m'assène :

– J'ai horreur des gens qui font du scandale, monsieur Polaris. Vous allez donc sortir d'ici rapidement et ne plus jamais y revenir. Fichez le camp, prenez vos affaires, disparaissez.

La fureur me paralyse. Je suis incapable de réagir, et même, si je le voulais, d'obéir. Je ne parviens pas à me lever du siège. L'escroc me toise de toute sa hauteur. Du bout des doigts, l'assistante tiraille le tissu de ma veste, et, du menton, m'indique le chemin de la sortie.

– Allez, allez, déguerpissez.

Avec un zèle répugnant, devant son patron, elle s'efforce de prendre l'initiative de mon expulsion. Le sang afflue à mes tempes et tambourine dans la région tuméfiée de ma bouche. C'est alors que, sans réfléchir, pareil à un élastique qui se détend, je bondis tête la première sur le Maître. Je le tiens, je l'empoigne et, ensemble, nous roulons au sol. Quelqu'un pousse des cris aigus. Je me débats dans un océan de tissu saumon, mes poings battent l'air et rencontrent parfois une résistance, mais j'ignore tout de la posture dans laquelle je me trouve et si j'ai le dessus. Soudain, privé de repères, je me sens soulevé, happé par une force incroyable et projeté dans les airs. Le vol plané semble durer une éternité, j'ai le temps de détailler le visage effaré de la secrétaire, puis, aussi impuissant qu'un paquet de linge, je m'écrase sur le marbre du hall. Je ne bouge plus, mais mes yeux restent ouverts. Je distingue les silhouettes hostiles de tous les spectateurs de la scène. Leurs contours se découpent dans le halo du contre-jour. Ma bouche saigne, mon arcade est ouverte et tout un pan de ma veste est déchiré. Ce n'est pas fini. Jamais je ne lâcherai. Je ne partirai d'ici qu'après avoir fait ce que j'avais à y faire. Avec des gestes de crabe, je me redresse lentement. Je le peux et je le dois. Des vertiges comparables à ceux que Janssen m'avait infligés durant ses tests m'obligent à prendre appui contre le mur. Ce n'est rien, tout cela va passer, le monde va redevenir stable et je vais me ressaisir. Munthe remet un peu d'ordre dans ses vêtements et me toise avec mépris les poings fermés sur les hanches. Il fait un pas dans ma direction et pointe sur moi son index boudiné :

– Espèce de salopard, je vous conseille de sortir de mon cabinet avant que je vous mette en morceaux.

Son ton menaçant, ses insultes me revigorent. J'ai l'impression que quelqu'un vient de passer une éponge d'eau fraîche sur mon visage, que l'on me fait respirer des sels. Je suis debout et désormais stable face à cette somptueuse ordure. J'essuie le sang du revers de la main, un cri comparable à celui que j'avais poussé à la télévision jaillit de ma gorge, et, avec un cœur de buffle, une âme de bison, je fonce sur la Référence. Le choc est aussi violent que lors de notre premier affrontement. Au moment où, tête la première, je percute son ventre avec la volonté furieuse de lui traverser la panse, j'entends la voix d'une femme hystérique qui demande que l'on appelle la police. Je suis bien. Je me sens dans l'état d'esprit d'un homme qui, à l'issue d'un marathon, pénètre dans un stade sous les acclamations d'une foule debout. Je perçois distinctement toutes ces clameurs et elles chassent mes douleurs. Je suis bien. Très bien. Munthe essaye de me faire lâcher prise, mais il est trop tard. Je suis accroché à lui comme un hameçon. Mes dents, mes dents martyres, plantées dans la chair de son bras, s'acharnent à trancher sa viande. Ses hurlements sont couverts par les encouragements du public. Je pense au revolver qui est enterré dans le jardin, à ce canon graissé que j'aimerais fourrer dans sa bouche. Ensuite, lorsqu'il aurait bien sucé toute l'huile, je lui casserais les dents avec la crosse. Un coup d'une violence inouïe s'abat sur mon dos. Puis un autre sur ma nuque. Je suis dans la dernière ligne droite. Ma mâchoire tient bon. Je ferme les yeux. Je suis bien.

8

Au téléphone, le policier est laconique. D'une voix nasillarde qui semble provenir de la Lune, il demande à Anna de passer au commissariat avec les papiers d'identité de son mari.

« Il a fait du scandale et a mordu un médecin. » Au moment où elle entend ces mots, Anna a le sentiment qu'elle vient de recevoir sur la tête la clinique tout entière, avec ses cheminées, ses aérateurs, ses antennes paraboliques et ses escalators. Elle bafouille d'incompréhensibles explications à son patient avant de l'abandonner à son sort.

Elle est dans le bureau de Samuel. A la recherche de son passeport, elle ouvre des tiroirs et remarque un grand vide à l'emplacement qu'occupaient l'autre jour le Colt et la boîte de balles.

Il lui plaît que Samuel ait tenu parole, qu'il se soit débarrassé de l'arme. Elle ne comprend pas qu'un homme aussi loyal soit en même temps capable de mordre profondément l'un de ses semblables. Tout cela est absurde.

Fouiller dans les affaires de son mari la met mal à l'aise. « S'il était mort, se surprend-elle à penser, je serais bien obligée d'agir ainsi. » Comme si elle craignait de découvrir un scorpion tapi sous ces papiers, elle soulève des enveloppes ouvertes, du courrier entassé, des fiches accumulées. Découragée de tout ce désordre, elle prend une cigarette dans son sac et s'affale dans le fauteuil de son mari. Le soleil qui est encore haut se glisse à travers la baie et réchauffe ses jambes.

C'est le milieu de l'après-midi, ses enfants comptent sur elle pour assurer leur avenir immédiat, le sort de son mari prisonnier est entre ses mains, ses patients, perplexes, l'attendent sans doute à la clinique, et elle, au centre de cette pièce lumineuse, loin de toutes ces préoccupations, détendue, presque heureuse de vivre ces moments inattendus, cette situation rocambolesque, se délecte calmement de l'arôme de son tabac. Même s'il lui tarde de connaître le détail des aventures de Samuel, elle n'est plus aussi pressée de se rendre au commissariat. Quelque chose de mystérieux la retient dans cet endroit. Au moment où elle tire sur sa cigarette, une pensée qui la trouble lui traverse l'esprit : « Si Samuel mourait, je viendrais m'installer ici. »

Le passeport était sur la console, dans l'entrée. Le fonctionnaire de garde feuillette distraitement la pièce d'identité, puis, sans rien dire, disparaît dans un couloir. Anna est assise sur un banc. On lui a demandé d'attendre.

– Est-ce que vous avez remarqué récemment des troubles du comportement chez votre mari ?

L'inspecteur qui s'adresse à Anna Polaris est un homme encore jeune, au physique soigné. Il est extrêmement poli et semble prendre sa fonction très au sérieux.

– Je vous pose cette question parce que, selon les déclarations de tous les témoins présents, il apparaît que M. Polaris a soudain perdu la tête et s'est attaqué à son dentiste avec une violence et une férocité inouïes, au seul prétexte que celui-ci ne pouvait pas le recevoir dans l'immédiat.

– Vous voulez dire qu'il s'est battu avec le Dr Munthe ?

– Il l'a surtout mordu, lui arrachant pratiquement un morceau du bras. Il a fallu que quelqu'un l'assomme pour lui faire lâcher prise. Il semblait enragé. Vous êtes orthophoniste, d'après ce que nous a dit M. Polaris. A votre connaissance, votre mari est-il toxicomane ?

– Samuel ? Absolument pas.

– Suit-il un traitement médical qui pourrait avoir des effets indésirables ou engendrer des réactions violentes ? A-t-il les nerfs fragiles ?

– Pas à ma connaissance.

– Bien. Si vous constatez chez lui quelque chose de

bizarre, s'il a un nouvel accès de fureur, n'hésitez pas à m'appeler. Voici ma carte. La victime a déposé plainte. J'imagine qu'une action judiciaire va être engagée. Je tenais à vous voir avant de le relâcher. Au fait, quelle est la profession de M. Polaris ? Il a refusé obstinément de nous répondre sur ce sujet.

– Il écrit des livres.

– Parfait. Nous allons vous le rendre.

L'homme qui marche vers Anna Barbosa-Polaris semble être le rescapé d'un naufrage. Sous sa veste déchirée, la chemise, tachée de sang, déborde du pantalon et flotte autour de la taille, pareille à une vieille voile. En apercevant sa femme, Samuel esquisse une grimace qu'il voudrait être un sourire. Sa lèvre supérieure est ouverte, l'arcade sourcilière est coupée et des paillettes de sang coagulé ombrent ses sourcils et la racine de ses cheveux. Au milieu du couloir de ce commissariat, Samuel Polaris serre les dents et tente d'avancer droit, comme un homme qui a fait son devoir.

Anna ne sait que dire. Elle voudrait soutenir son mari, l'aider à descendre les marches de l'hôtel de police, mais les efforts qu'il déploie pour accomplir seul ce parcours l'incitent à demeurer en retrait, à seulement l'escorter du regard.

Le trajet du retour n'en finit pas. Anna n'a pu éviter les encombrements ni les regards stupéfaits des passants et des conducteurs qui, au hasard d'un feu rouge, découvrent le visage et les vêtements ensanglantés de Samuel. Celui-ci ne cesse de passer sa langue sur sa lèvre endolorie, à la manière d'un chien qui lèche ses plaies. Anna aimerait que la nuit tombe d'un coup, que le noir les enveloppe, les noie dans l'anonymat et dissimule leur indignité.

Une grande lassitude l'envahit, au point que ses bras ont du mal à s'accrocher au volant. Pourquoi doit-elle supporter ce genre de choses, se résoudre à la compagnie d'un mari déchu et d'un amant méprisable, pourquoi, maintenant que les enfants sont grands, ne recommence-t-elle pas autre chose, ailleurs, pour profiter des années qui lui restent ? Des larmes lui montent aux yeux.

– Tu avais vraiment besoin de faire ça ?

Elle dit cela juste pour rompre le silence, dissiper la gêne, rendre le parcours supportable.

– J'ai encore dans la bouche le goût du sang de ce salaud.

– Tu dois aller voir quelqu'un, Samuel. Tu ne peux pas rester comme ça. Ton comportement n'est pas normal. Il y a quelques jours, tu achètes une arme, hier, tu tortures psychologiquement ce pauvre Hans, et aujourd'hui, tu mords sauvagement ton dentiste. La vie que tu mènes depuis plusieurs années est en train de te détruire.

– Je ne veux pas discuter de ça.

– Tu n'es pas en position de juger la situation de manière objective. Il faut que tu me fasses confiance.

Je vais te trouver quelqu'un de bien à la clinique, et tu vas aller le consulter.

– Pourquoi pas Janssen ?

En entendant ce nom, Anna a l'impression qu'elle vient de percuter un obstacle et qu'une pluie glacée de verre brisé lui picote le visage. Sa gorge se serre, son estomac se creuse et elle manque d'emboutir la voiture qui la précède. La surprise l'a suffoquée. Très vite, elle reprend le dessus, profite d'une ouverture dans la circulation pour embrayer sèchement, quitter l'avenue engorgée et s'engouffrer, à droite, sur la route du bord de mer.

Quelque chose de violent et de sombre bouillonne en elle et, tout en négociant habilement les virages, elle souhaite secrètement qu'au détour d'une courbe la voiture perde une roue, bascule dans le vide et les entraîne tous les deux au fond de l'Océan.

Elle aurait admis beaucoup de choses. Qu'il lui demande des comptes et des explications, qu'il lui adresse des reproches ou des menaces, qu'il exige réparation ou bien crie vengeance. Toutes ces réactions, prévisibles, classiques, répertoriées dans les nomenclatures de l'espèce, bref, banalement humaines, elles les aurait comprises. Au lieu de cela, elle venait de comprendre qu'elle vivait aux côtés d'un serpent à l'esprit tortueux, capable de mordre à tout instant, mais aussi, ce qui l'inquiétait bien davantage, de ramper au plus près de sa proie, de jouer un instant avec sa victime pour mieux

l'étudier, la rassurer, avant de lui injecter, lorsqu'il jugerait le moment propice, sa dose fatale de venin.

Anna était à la fois furieuse et effrayée. Tant de
duplicité, d'hypocrisie la dépassait. Elle ne pouvait
concevoir que Samuel fût devenu retors au point de
s'inventer des vertiges pour pouvoir offrir ses oreilles
aux doigts experts de Janssen, ces doigts qui, à maintes
reprises, s'étaient glissés en elle, qui avaient relevé ses
jupes, caressé, pétri, écarté ses fesses, ces doigts qu'elle
avait léchés pour agrémenter son plaisir.

Seule dans la salle de bains, assise en peignoir sur
le rebord de la baignoire, Anna était submergée de
doutes. Samuel était-il en train de perdre la tête, ou
bien jouait-il simplement à un jeu pervers ? Comment
pouvait-il déchiqueter un dentiste innocent et quasi-
ment flirter avec son amant ? Avait-il acheté l'arme
pour en faire usage, ou bien n'était-ce qu'un simple
élément décoratif dans son jeu macabre ? Fallait-il
le contraindre à s'expliquer sur tout cela, ou, au
contraire, privilégier le silence et s'en remettre aux
capacités anesthésiantes et curatives du temps ?

De l'autre côté de la porte, elle percevait les voix
adultes de ses enfants commentant les aventures de
leur père. Malgré leur âge et leur maturité, ils ne pouvaient lui être d'aucun secours. Elle entra sous la douche et y demeura jusqu'à l'heure du dîner.

Jacob et Nathan, garçons avant tout, semblent tout
excités à l'idée de faire raconter sa bagarre à leur père.

Sarah, accablée, consternée, affiche une mine de
veuve. Lavé, désinfecté, ayant enfilé des vêtements
propres, Samuel trône à sa place, sur sa chaise, prêt
pour d'autres aventures, et tout disposé à répondre,
malgré ses hématomes et d'évidentes difficultés d'élocution, aux questions que sa famille est en droit de lui
poser.

– Ce que tu as fait aujourd'hui est très grave, Papa.
Munthe donne des cours à l'université, c'est une sommité qui fait l'unanimité sur son nom. Hans vient de
me téléphoner. A la fac, ce soir, tout le monde parlait
déjà de ce qui lui était arrivé. J'espère que je n'aurai
pas, professionellement, à pâtir de tes comportements
irresponsables. Tu n'as pas l'air de te rendre compte
de la situation dans laquelle tu nous as mis, Hans et
moi.

Sarah parle les yeux baissés, d'un ton posé et solen-
nel. Elle semble vouloir exprimer la peine de tout un
peuple, le désarroi d'une génération entière. Samuel
trouve ridicule l'affectation et les poses de son enfant.
Anna se tait.

– Je n'ai qu'une chose à te répondre : Magnus Munthe est un salaud qui n'a eu que ce qu'il méritait.

– Cite-moi une raison, une seule bonne raison qui
puisse justifier le fait que tu l'aies agressé.

– Il a refusé d'examiner ma plaie et a voulu me mettre dehors par la force.

– Et toi, tu le mords ! Tu lui sautes dessus comme
un fauve ! Parce qu'il n'a pas le temps de te recevoir !
Ton emploi du temps est tellement surchargé que tu

ne peux pas revenir le lendemain ! Que mon examen de fin d'année soit peut-être compromis à cause de ton orgueil démesuré, ce n'est pas ton problème, tu t'en fous ! Je ne te pardonnerai jamais ce que tu as fait aujourd'hui et pas davantage l'attitude cruelle que tu as eue envers Hans, hier soir. Malgré ma mise en garde, tu as pris un malin plaisir à le torturer avec tes minables histoires de noyade ! J'ignore ce qui te pousse sans cesse à faire et rechercher le mal. Sache que j'ai honte de toi, de ce que tu es devenu, et qu'à la première occasion je quitterai cette maison.

Tombant comme un grand drap blanc, un silence d'une densité palpable recouvre la scène. Même les fourchettes effleurent les plats, de peur de rompre le charme du drame. Anna est encore toute troublée par la violence de la charge de sa fille, dont les pommettes ont rosi sous l'effet de la colère. Les jumeaux, plus pragmatiques, crèvent d'envie d'apprendre les circonstances exactes du combat Munthe-Polaris, et, surtout, brûlent de connaître le nom du vainqueur de ce pancrace. Ils n'ont rien à faire de Munthe et de ces sombres histoires d'examens de dernier cycle. Eux, ce qu'ils veulent, à l'image de tous les garçons, c'est voir leur père se mettre en garde et l'entendre imiter le bruit des coups.

Anna pense égoïstement qu'après ce qui vient d'arriver elle ne pourra plus jamais remettre les pieds chez Munthe, qu'il faudra trouver un autre dentiste.

Et, soudain, cette conséquence mineure, ce désagrément anecdotique, la contrarie démesurément.

Samuel passe délicatement sa main sur son visage, lisse ses paupières et grogne à l'endroit de sa famille :

– Laissez-moi vous dire à tous une bonne chose. La vie que je mène dans cette maison ne regarde que moi. Je sais ce que je dois à votre mère, mais je n'oublie pas non plus que, pendant une vingtaine d'années, c'est moi qui ai fait vivre cette famille. Quant à ce qui est arrivé cet après-midi, si c'était à refaire, je le referais. C'était foncièrement juste. J'ai mordu ce type parce que je n'avais aucune autre prise sur lui et qu'il était beaucoup plus fort que moi. J'aurais sans doute préféré l'étrangler ou l'assommer, mais je n'en ai pas eu la possibilité. Je me suis jeté sur lui comme un chien enragé parce qu'il avait essayé de me briser le dos en me projetant contre un mur. C'est vrai, à ce moment-là, je n'ai pas réfléchi au fait que cette sommité pouvait être un membre de ton jury de thèse, Sarah. Mais l'aurais-je su que cela n'aurait rien changé. Parce que je me fous complètement de savoir si tu seras reçue ou non avec mention à ton examen. Ta lâcheté, ta soumission devant les coteries professionnelles et ton goût forcené du lucre me préoccupent bien davantage. Si l'existence que tu mènes dans cette maison t'est devenue insupportable, si ma présence te dégoûte au point où tu le dis, alors, tu as raison, je pense qu'il est temps pour toi d'aller vivre ailleurs. Un dernier point : Hans Brentano est sans doute le gendre idéal dont rêvent tous les pères de famille censés qui ont une mauvaise dentition. Lui aussi, un jour ou l'autre, sera un ponte, une référence, une sommité. A tes côtés, stimulé par ton professionnalisme, il ne pourra que progresser. Toi et ton yachtman formerez, j'en suis sûr, un couple formidable.

Samuel possède encore de beaux restes et sait rugir au moment opportun. Il met les choses au point sans élever le ton, utilisant avec roublardise le timbre le plus grave de sa voix.

Son visage est grotesque, il sort d'une bataille sans suite, adopte une attitude incompréhensible, mène une vie discutable, tient des propos outranciers, mais, malgré tout, demeure celui qui en impose à la meute. En d'autres circonstances, Anna aurait eu bien des objections à faire valoir, cependant, en cet instant, face à ce loup blessé dont elle ne sait que penser, elle préfère rester muette.

A cette table, ce soir, au milieu des siens, elle est en proie à un sentiment d'impuissance et de profond découragement. Tous ces déchirements, ces mots blessants ne font que souligner l'échec de sa propre conduite.

Si les choses sont ainsi, c'est qu'elle les a laissées devenir telles, qu'elle n'a pas su ou voulu intervenir à temps. Elle en veut à sa nonchalance, à cette aptitude qui est la sienne de remettre les problèmes à plus tard, de s'ingénier à ne pas les voir. Elle n'aurait jamais dû négliger les premiers symptômes de Samuel, ni le laisser doucement glisser et ensuite se complaire dans ce monde hermétique, inaccessible. Mais, quand on vit plus de vingt ans avec quelqu'un, on finit par ne plus le connaître. Ni le reconnaître. Parfois, on le retrouve au détour d'une expression ou d'une mimique qui rappellent une journée précise, une situation particulière, un bref moment d'une jeunesse qui semble déjà appartenir à la préhistoire.

Anna Barbosa, ou Polaris – en ce moment la nuance lui importe peu –, a tout à coup la conviction désagréable de se trouver au milieu de sa vie, en ce point de bascule inconfortable qui l'oriente définitivement vers une descente dont l'issue lui devient presque palpable pour la première fois.

Elle revoit une photo de ses parents, une image qui l'a poursuivie durant toute son adolescence. Alma et Ruben sont jeunes, coiffés à l'ancienne et regorgent de bonheur. Les vêtements légers qu'ils portent donnent à penser que la scène se déroule en été. Un vent que l'on devine frontal plaque la robe d'Alma contre son corps, moule ses cuisses et son abondante poitrine décolletée. Elle avance vers l'objectif avec assurance. Elle tient Ruben par la main. Lui, légèrement en retrait, semble impressionné par la démarche si conquérante de sa compagne. Il s'accroche à elle avec un regard plein d'admiration. Alma semble dire : « Regardez comment je mets la vie à mes pieds, observez la manière dont je traite cet homme. Avec un corps tel que le mien, avec ce buste, ces jambes, rien ne pourra jamais m'arriver. »

C'est cette photo qu'elle voit en ce moment. Et, en même temps, le visage de sa mère morte. Elle songe qu'il y a eu forcément un matin de sa vieillesse où Alma a dû revoir ce cliché, et se dire qu'au regard de ce qui nous attend on devrait parfois vivre avec davantage de modestie.

Anna n'écoute pas la conversation qui s'est établie entre Samuel et les jumeaux et ne prête pas davantage attention aux mines boudeuses de sa fille. Elle erre seule à l'intérieur du cadre d'une photo du passé et éprouve de la peur lorsqu'elle songe aux années à venir.

Anna a du mal à trouver le sommeil. Comme toujours en pareil cas, elle entend tous les bruits de la maison, cette vie nocturne et organique des appareils ménagers. Il y a le ronronnement du compresseur du réfrigérateur, le chuintement à peine perceptible de l'eau pulsée dans les canalisations du chauffage central, ainsi que les incessantes allées et venues de Samuel, là haut, ouvrant, refermant des tiroirs, faisant racler sa chaise sur le sol. Anna se demande ce qu'il peut bien ainsi chercher ou ranger à pareille heure. Elle a froid en repensant à la voix de son mari prononçant, dans la voiture, le nom de son amant.

Elle ferme les yeux.

M. Apter parle avec Alma.

Ruben vend des sucres.

Tout va redevenir comme avant, quand les enfants étaient plus jeunes et que l'écrivain écrivait.

9

– Monsieur Polaris ? Victor Kuriakhine à l'appareil.
Je ne vous dérange pas, j'espère ? Nous avions conclu
un accord, vous vous en souvenez sans doute. Je vous
propose de passer outre. J'aimerais vraiment vous
revoir. Aujourd'hui même. Vous avez un moment dans
la journée ?

– Pourquoi cette rencontre ? Je croyais que nous
nous étions tout dit la dernière fois.

– Vous avez une drôle de voix, une élocution
curieuse.

– J'ai quelques ennuis buccaux.

– Je sais, monsieur Polaris, je suis au courant de vos
démêlés dentaires. Et c'est, entre autres, de ce sujet
que je souhaiterais que nous parlions ensemble.

– Vous êtes un ami de Munthe ?

– Pas le moins du monde, monsieur Polaris.

Si je fais abstraction des ecchymoses et des plaies
qui marquent mon visage, je me sens en pleine forme.

Aucune douleur articulaire ou osseuse, pas de courbatures, si bien que je serais tenté de croire que l'on m'a assommé en douceur. Ce coup de fil matinal m'a intrigué, aussi vais-je aller au rendez-vous de Kuriakhine. Je me demande ce que me prépare ce cher Victor. Anna et les enfants sont partis avant mon lever. J'imagine que les vives discussions d'hier auront des conséquences. Mais j'avoue que cela ne me préoccupe guère. Je regrette cependant d'avoir brutalement signifié à Anna que j'étais au courant de sa liaison. Je ne voudrais pas que cela détériore davantage nos rapports ou qu'elle se croie obligée de me fournir des explications qui ne m'intéressent pas. Il me serait difficile de dire pourquoi, mais j'éprouve toujours des sentiments troublants pour cette femme. Je n'aimerais pas qu'elle me quitte.

Il est évident que la vie que je mène ne conduit nulle part. Je n'ai nul besoin de consulter pour savoir cela. Pour m'en convaincre, il me suffit, ce matin, de regarder ma tête dans une glace.

– C'est très gentil de vous être déplacé, monsieur Polaris. Surtout dans votre état. J'espère que tout cela n'est pas trop douloureux.

– Comment avez-vous appris ?

– Les nouvelles vont vite dans nos petits métiers. Un confrère m'a téléphoné hier soir pour me raconter votre aventure. Lui-même est un patient et une relation assez proche de ce fameux Munthe qui, par ailleurs, a dû annuler tous ses rendez-vous de la semaine, ainsi que ses cours à la faculté. A l'université, toujours d'après ce que l'on m'a rapporté, tout le monde ne parle que de cette affaire. Je trouve cette histoire très divertissante et j'ai donc pensé à vous offrir quelques heures d'entretiens supplémentaires, si vous le désiriez.

– Votre idée ne serait-elle pas plutôt, sous des prétextes fallacieux, de me ramener à vous dans le seul but de pouvoir colporter en ville que vous avez en traitement l'écrivain dingue qui mord les dentistes ?

– Vous me prêtez là de bien noirs desseins, cher monsieur Polaris, et, par la même occasion, sans doute vous attribuez-vous une notoriété qui n'est pas encore la vôtre. Il y a si longtemps que vous n'avez pas publié que je crains que la plupart de vos lecteurs ne vous aient déjà oublié. Quant à mon ami, celui qui m'a informé, savez-vous ce qu'il m'a répondu lorsque je lui ai demandé si l'on connaissait le nom de l'assaillant de Munthe ? « Un certain Botaris ou Tovaris, je ne sais plus, un type quelconque, un pauvre bougre qui avait mal aux dents. » Allez savoir pourquoi, à l'énoncé de cette description, j'ai immédiatement pensé à vous.

J'aime bien la voix de Victor, cette manière à la fois déférente et méprisante qu'il a de ponctuer ses phrases de « monsieur » ou de « cher monsieur Polaris ». Il y a, contenue dans ces incises, toute l'ambiguïté de la relation que le mécène entretient avec son obligé. Je m'allonge doucement sur le divan, tandis que je le vois glisser sa main au fond de sa poche pour empoigner, dit-il, la fameuse montre de Kennedy.

C'est avec un grand luxe de détails que je lui livre le déroulement de mon aventure. Tout en parlant, je le surveille du coin de l'œil et constate qu'à la différence de nos entrevues passées je capte cette fois toute son attention. Il semble fasciné par les moindres détails de la lutte, la nature, la violence réelle des coups, il prend d'innombrables notes, n'hésite pas à me faire répéter un passage qui lui paraît peu clair, comme s'il tenait à établir une chronologie parfaite, une scénographie précise des événements.

– Mordre votre adversaire vous a-t-il procuré du plaisir ?

– A vrai dire, en y repensant, j'ai surtout senti, à ce moment-là, que la bataille changeait d'âme. Jusqu'à cet instant, notre différend ressemblait à un conflit classique opposant un prestataire de services à son client. En mordant Munthe, je faisais soudain glisser notre affrontement sur le terrain de la sauvagerie.

– Face à cette nouvelle situation, quelle a été la réponse du dentiste ?

– Des cris, je crois, il a hurlé très fort.

– A-t-il à son tour tenté de vous mordre ?

– Je n'en sais rien.

– Gardez-vous, monsieur Polaris, le souvenir précis du moment où vos dents sont entrées dans sa chair ?

– J'ai toujours en mémoire le goût et l'odeur de son sang, une odeur très forte, assez proche de celle de l'urine. Au lieu de me rebuter, ce parfum, au contraire, me stimulait, décuplait la force de mes mâchoires, réveillait en moi un sentiment assez trouble, à mi-chemin du bonheur et de la rage.

A chacune de mes réponses, Kuriakhine annote sa feuille d'une brève observation et hoche la tête, à la façon de ces experts fiers de leur neutralité qui tiennent en permanence à vous signifier qu'ils sont attentifs et que rien de ce que vous pourrez dire ne sera jamais retenu contre vous. J'ignore dans quel but Victor m'a fait venir jusqu'ici, et je n'arrive pas davantage à cerner la logique du questionnaire auquel il me soumet. Tout en y répondant avec une sincérité et une disponibilité qui m'étonnent moi-même, je me demande si l'on peut comparaître devant un tribunal pour avoir mordu quelqu'un, et j'imagine l'embarras de la justice confrontée à un pareil dossier. Si tout cela m'était arrivé à l'époque où j'écrivais, j'aurais au moins tiré profit de mes ennuis en exploitant largement toutes ces situations dans un roman. Anna, Janssen, Munthe, Kuriakhine et même Hans Brentano auraient fait des acteurs plausibles, des êtres humains possibles. Me laissant glisser au milieu d'eux, m'imprégnant de leur vie, partageant la couche de l'un, la table de l'autre ou le divan d'un troisième, tâtant leur médiocrité, palpant ma propre bassesse, j'aurais décrit mon insignifiance à l'aune de leur vanité, et nous aurions valsé les uns contre les autres, pareillement négligeables et futiles, bavardant de choses mesquines en attendant une fin acceptable. C'est comme cela que j'ai toujours écrit mes histoires, en découpant des lamelles de mon existence, m'astreignant à les détailler, le soir, dans le calme de ma pièce de travail. Aussi longtemps que je l'ai pratiqué, cet exercice m'a procuré une satisfaction comparable à celle que l'on peut éprouver lorsqu'on se débarrasse d'un comédon. Écrire ne m'a jamais rendu heureux, ni meilleur. Au fil des livres, j'ai perdu toute fraîcheur, toute innocence. Les derniers temps, même si, par pudeur ou bravade, il m'arrivait de soutenir le contraire, construire une phrase m'était devenu aussi pénible que de soulever une poutre. J'avais réellement le sentiment d'écrire avec les os, d'être décharné. Mes chapitres étaient à l'image de ma vie : ils me faisaient honte. Aujourd'hui, vivant aux crochets de ma femme, je m'accommode d'une discrète invalidité et me délite dans l'ombre. Pour rien au monde, il ne me viendrait l'idée de retoucher à une feuille de papier. Je vis à la trappe et j'y suis à mon aise.

– Selon vous, monsieur Polaris, pourquoi un homme qui possède un revolver en est-il réduit à mordre son prochain ?

Je tourne la tête vers Victor Kuriakhine et, en souriant, je le fixe jusqu'à ce qu'il baisse les yeux.

Dans ma situation, je possède un gros avantage sur la plupart de mes interlocuteurs, en ce sens que je ne nourris aucune illusion sur moi-même et n'ai rien à sauvegarder ni à espérer de quiconque. Vers la fin de sa vie, alors qu'il était déjà sérieusement amoindri par la maladie, mon père, jusque-là si mesuré, si attentif à autrui, a connu une période de relâchement total durant laquelle il ne fit plus le moindre effort pour se rendre présentable aux yeux des autres. Je me souviens notamment de ce jour où il se rendit à l'hôpital pour subir toute une série d'examens radiographiques. Je l'accompagnai dans le service et, afin de lui éviter des efforts inutiles, l'aidai à se dévêtir dans la cabine attenante au bureau du médecin. Il n'est jamais très facile pour un fils d'un certain âge de découvrir la nudité de son père, surtout lorsque ce corps est torturé par les infections, affaibli et humilié par les germes de la maladie. C'est avec des pudeurs de tailleur, des gestes quasi professionnels que j'ôtai sa veste, déboutonnai son gilet et sa chemise.

Son torse, jadis conquérant, avait perdu toute sa prestance et, sous les maigres chairs pâles et plissées comme des paupières, de part et d'autre d'un sternum étrangement creusé, on devinait le dessin des côtes, la marque de ces briquettes d'os qui s'acharnaient à rappeler l'architecture ancienne de ce thorax. Tandis que je le dépouillais, mon père demeurait silencieux, absent, s'efforçant seulement par quelques mouvements de me faciliter la tâche. En ôtant ses chaussettes, je vis ses pieds violacés, ses chevilles enflées par l'œdème, cette peau marbrée, tendue, aussi rigide que des bottes. Sans son pantalon, mon père semblait flotter dans l'air, être suspendu à un cintre, tant ses jambes étaient maigres, quasi transparentes. Il y avait seulement, autour de ses rotules, un peu de chair qui retombait en forme de cernes sur le haut de ses tibias. Au moment où mon père fit glisser son caleçon, je lui tendis une blouse bleue mise à la disposition des malades par l'hôpital. Il ne prêta aucune attention à ce tissu, fit coulisser la porte de séparation et se présenta en salle de radiologie dans une totale nudité. Oscillant d'une jambe sur l'autre, avec ses fesses creusées, érodées par le temps, mon père traînait ses bourses lourdes et ballantes, son corps de vieillard vers la table d'examen, tandis que son sexe, encore charnu, intact, faisait figure de fragment rescapé au centre de ce naufrage. « Vous allez prendre froid », avait observé le radiologue avant de recouvrir son malade avec un drap d'habitude réservé aux opérations. Sans prononcer une parole ni m'adresser un regard, mon père s'allongea sur le plateau du scanner, et, comme un cadavre qui glisse sur le tiroir d'une morgue, disparut dans les entrailles de la machine.

Lorsqu'il en ressortit, c'est à peine si l'on distinguait une parcelle de vie à l'intérieur de cette housse de peau flétrie. Je l'aidai à rejoindre la cabine, à se rhabiller. Puis, indifférent aux résultats, négligeant médecins et infirmières, il quitta le service sans saluer ni regarder personne.

Je n'ai pas encore atteint ce degré de détachement, mais chaque jour qui passe m'en rapproche. Ainsi, la semaine dernière, je ne crois pas que j'aurais été capable de fixer Kuriakhine de cette façon. Ni même de formuler cette requête :

– Je veux voir la montre de Kennedy.

Je dis cela d'une voix calme, dépourvue d'agressivité, en observant la main de Victor qui semble soudain se tortiller dans sa poche à la façon d'une truite ferrée au bout de la ligne.

– Nous débordons du cadre de nos entretiens, monsieur Polaris.

– Il n'y a plus de cadre ni d'entretiens depuis que vous m'avez demandé de revenir vous voir. Vous le savez parfaitement. Nous sommes désormais dans un autre type d'échange. Nous faisons une sorte de troc confidentiel. Je vous livre le goût de la chair humaine, le parfum du sang de Munthe, ce qui semble vous combler, et, en échange, je réclame le droit d'examiner la montre d'un disparu. Tout cela est à la fois absurde et parfaitement équitable.

Apparemment séduit par mon développement, Kuriakhine, fair-play, sort la montre de sa poche et me la tend en la tenant par l'extrémité du bracelet.

C'est effectivement une Hamilton, modèle « Hudson », numéro de série 22432672, et l'inscription *J.F.K., Brookline, 1962* est bien gravée sur le boîtier. Une petite pierre noire, ronde, lisse et opaque, pareille à un œil de moineau, est incrustée sur la tête du remontoir. Je porte le cadran à mon oreille et distingue parfaitement le bruit régulier et apaisant du mécanisme. Tous ces rouages semblent concourir à la bonne marche du monde. Ils sont les valvules métalliques et crantées d'un seul et même cœur qui bat sans défaillance depuis 1962. Le fait que cet objet ait appartenu ou non à Kennedy n'a plus pour moi aucune espèce d'importance, car ce cadran d'acier poudré représente soudain, à mes yeux, l'aboutissement de la civilisation et de la douceur.

– Le bracelet est d'origine.

Kuriakhine veut sans doute me dire par là qu'il est encore porteur de la fragrance présidentielle, et peut-être même taché de quelques gouttes de sang fitzge-raldien. Toutefois, en l'examinant, en le reniflant de près, je ne perçois que l'odeur aigre commune à tous ces vieux *box-calves* imprégnés de transpiration humaine.

– Imaginez-vous, monsieur Polaris, quelle était la probabilité que cette montre, offerte en 1962, dans le Massachusetts, à un président des États-Unis, par ail-leurs assassiné l'année suivante au Texas, arrive un jour entre vos mains, dans ce bureau, simplement parce que vous avez mordu un dentiste maladroit du nom de Magnus Munthe ? Songez un peu à tous les événe-ments fortuits, aux coïncidences qui ont été néces-saires pour conduire cette Hamilton jusqu'à vous. Réfléchissez à l'histoire dans son entier, aux décors, à l'incroyable machinerie mise en œuvre, au concours de tous ces figurants. Dallas, Oswald, la Lincoln noire, l'hôpital, l'infirmière, son geste inconsidéré pour récu-pérer l'objet, son voyage en Californie, puis son retour au Texas bien des années plus tard, sa mort brutale, le magasin de son frère, mon congrès, nos entretiens, votre rage de dent, la visite chez Magnus et enfin mon indéfectible curiosité. Et si tout cela n'était arrivé qu'en vue de préparer l'instant que nous vivons ? S'il avait fallu toutes ces morts, ces intermédiaires et la patience du temps pour vous réunir ici, vous et cette Hamilton ? Que pensez-vous de tout cela, cher monsieur Polaris ?

Je rends la montre à Kuriakhine, et, les yeux clos, confortablement allongé sur le divan, je me délecte de ses grisantes divagations. Après ce qui vient d'être dit, il ne fait pour moi aucun doute qu'un jour je porterai cette « Hudson » à mon poignet.

Avant de rentrer à la maison, pour prendre un peu d'exercice et me changer les idées, je décide d'aller faire une promenade le long de l'Océan. Je croise des hommes et des femmes pour la plupart coiffés de casquettes, des chiens flairant quelques traces ou creusant le sable, et des surfeurs, bras croisés, qui contemplent la mer comme on regarde son passé. Toute cette population maritime disparate semble errer, tuer les heures avec acharnement en attendant le soir. Dans ces limbes iodées, avançant sans le moindre but, je me sens à ma place. Il ne me manque qu'une cigarette. Le jour où j'ai cessé de fumer, je n'ai pas mesuré la torture que j'allais m'infliger. Depuis cette époque, j'ai vraiment l'impression que quelque chose s'est déboîté dans ma vie.

Sur le parking, assise dans sa voiture, une femme de mon âge écoute la radio en regardant le soleil se coucher. Je m'installe dans mon propre véhicule, et, à deux pas d'elle, face au même paysage, j'allume aussi mon autoradio. Le ciel se décompose lentement en prenant des nuances pâtissières.

J'ai pris une décision. Je vais quitter mon bureau et son point de vue émollient pour m'installer à la cave. Ce territoire sombre et reclus convient mieux à mon état d'esprit actuel. Si je veux tenter d'y voir plus clair dans ma vie, il faut me plonger dans l'obscurité et l'austérité. Je dois faire l'effort de me replier sur moi-même, de vivre entre quatre murs aveugles.

Derrière son volant, la femme regarde fixement l'horizon. Son visage est empreint de sérénité. Du bout de la langue, je jauge la profondeur de mes plaies et constate que mon haut pouvoir de cicatrisation est une nouvelle fois en train de faire des merveilles.

Hans est revenu dîner. Il est assis face à moi. Plus je regarde ce garçon, plus il me fait penser à un berger allemand. Je me demande si ma fille est à même de dresser un animal pareil. A vrai dire, je m'en moque complètement. Comme d'ailleurs de tout ce qui peut arriver à ceux qui habitent dans cette maison. Je n'ai qu'une chose en tête, obsédante : la Hamilton. Je veux cette montre. La démonstration de Kuriakhine, pour farfelue qu'elle soit, a fait son chemin dans mon esprit. Je suis maintenant tout à fait prêt à l'accepter et à en tirer les conséquences : cet objet me revient de droit. Victor n'a été qu'un porteur parmi les autres, le dernier commissionnaire du destin. Cette certitude est en moi aussi forte, aussi perceptible que l'odeur de l'herbe fraîchement coupée.

– Puisque nous sommes tous réunis, je voudrais vous annoncer que, pour célébrer, disons nos fiançailles, Hans et moi allons donner une petite fête sur son bateau à la fin de la semaine. Si le temps le permet, nous ferons même une sortie en mer. J'aimerais que vous veniez tous. Ce sera quelque chose de très simple. Il y aura seulement la famille de Hans, vous et quelques-uns de nos amis les plus proches.

En entendant ces phrases convenues, cette formulation ridicule, j'ai envie de taper sur la table avec le plat de mes mains et d'éclater de rire comme un sauvage. C'est donc ainsi que vivent les jeunes gens et que s'adoubent les dentistes ! Je croyais que, depuis la noyade du vieux Brentano, le ketch était une embarcation maudite, reléguée en quarantaine, que le seul fait d'évoquer son existence vous mettait au banc de la famille. Que n'avais-je entendu, quarante-huit heures auparavant, pour avoir taquiné l'héritier sur le sujet. Ce soir, je constate que, pour la grande occasion, la marine a repris ses droits, le bateau sort de l'ombre et l'on envisage même de hisser toutes ses voiles.

– Comment va votre bouche, Samuel ?

Je ne supporte pas que ce type m'appelle par mon prénom. Cela me vrille les dents et m'irrite les gencives. Le fait qu'il couche avec ma fille et envisage de l'épouser ne l'autorise pas à prendre de telles libertés. Ce genre de familiarité est ridicule. Il y a une semaine à peine, je ne connaissais son existence qu'à travers cette édifiante indiscrétion de Sarah : « Il m'a tringlée dans la voiture. » Et voilà qu'aujourd'hui ce triqueur de berline, cet équarrisseur endeuillé me tape sur l'épaule et me donne du Samuel. Ce garçon est répugnant. Je n'aime pas son menton. Ni ses yeux clairs. Ni son regard franc.

– Comme je crois vous l'avoir déjà dit, je cicatrise. Je cicatrise très vite. Dans quelques jours, tous ces hématomes ne seront plus qu'un mauvais souvenir.

– Vous voulez que je jette un coup d'œil ?

– Je vous remercie, mais nous sommes à table.

– Je voulais dire ensuite, plus tard. Juste pour vous rassurer, pour que nous soyons tous tranquilles.

– Je ne suis absolument pas inquiet et je doute que quelqu'un dans cette pièce se soucie réellement de l'état de mes dents. Parlez-moi plutôt de votre bateau et de cette sortie que vous projetez. Barrez-vous vous-même ?

– Autrefois, avec mon père et son frère, nous arrivions à venir à bout des deux mâts et de toute la voilure. Mais ce week-end, je crois que je m'abstiendrai. J'ai préféré louer les services d'un petit équipage. Ne nous en veuillez pas de vous prévenir un peu tard, mais si Sarah et moi avons décidé cette petite fête au tout dernier moment, c'est parce que nous nous sommes aperçus qu'en bousculant un peu les dates nous pouvions faire coïncider cet événement avec le deuxième anniversaire de la disparition de mon père.

Comment peut-on prétendre inviter des gens à des réjouissances et leur infliger en même temps une

commémoration funèbre ? Pourquoi devrais-je être
associé au chagrin filandreux de cette graine de
Magnus Munthe ? En quoi le deuil de son géniteur,
que je n'ai jamais vu ni rencontré, me concerne-t-il ?
Cette journée nautique à laquelle il me sera impossible
d'échapper s'annonce comme un véritable naufrage. Il
ne m'étonnerait pas que Sarah ait fortement encou-
ragé ce projet. Quand je regarde ma fille traiter avec
ce Brentano, quand je la vois construire sa carrière
ainsi qu'un architecte édifie une arche, quand je
détaille le sérieux et l'affectation de son visage, je ne
retrouve rien de l'enfant insouciante et rieuse qui a
grandi dans cette maison. Je n'arrive pas à m'imaginer
qu'un jour j'ai pu bercer cette femme-là dans mes bras.
Jusqu'à ces derniers temps, j'ai sincèrement cru qu'en
dehors de ses études Sarah prenait du bon temps. Je
suis en train de me rendre compte que ses verres de
trop et son pseudo-libertinage n'étaient qu'un fade
rituel mondain. Elle s'encanaille, en fait, comme peuvent le faire les femmes de notaire, un œil sur les
comptes et une main posée sur les bijoux. Je sais ce
que je dis.

Il faut voir à quelle vitesse, en l'espace de quelques
jours, Brentano s'est incrusté dans la famille. Il a déjà
les manières et les habitudes d'un gendre. A l'instant,
il vient de proposer à Anna d'aller préparer du café.
J'imagine qu'il connaît l'emplacement du sachet, du
sucre et des filtres.

Finalement, je passe une soirée bien moins désagréable que je ne l'avais prévu. Voir, étudier les

comportements ridicules de ce riche imbécile me procure un plaisir de gourmet.

Je me demande ce qu'Anna pense de tout cela au fond d'elle-même. En d'autres temps j'aurais affirmé, sans hésiter, que nous partagions un point de vue similaire. Aujourd'hui, je ne suis plus du tout certain qu'elle tienne sa fille et son amant pour ce qu'ils sont véritablement. Je crains qu'elle ne soit grisée par les succès orthodontiques, que les promesses plaisancières et la fortune du jeune Brentano ne l'envoûtent. Oui, il me semble qu'elle se laisse abuser par la parade pré-nuptiale de ce dadais en train de servir des tasses d'arabica brûlant avec des manières de maître d'hôtel. Je pensais ma femme moins sensible au ramage de ce genre de faisan.

– Anna, vous devriez moins fumer.

Ce garçon est décidément incroyable. Il possède un culot monstre et une étonnante capacité à s'immiscer dans l'intimité des gens. Mais, en se permettant cette dernière observation, apparemment innocente, il vient de commettre son premier faux pas. Anna, plus courroucée qu'il n'y paraît, lève vers lui des yeux sombres comme une nuit polaire.

– Mon cher Hans, si vous voulez que nos rapports demeurent harmonieux, il faudra à l'avenir vous abstenir de ce genre de remarques. Il ne me viendrait pas à l'idée de fumer à votre domicile ou dans votre voiture, puisqu'il est évident que le tabac vous dérange. En revanche, à cette table, dans cette maison, au milieu d'une famille élevée selon les vertus de la tolérance, je fais ce qu'il me plaît.

L'orthophoniste s'applique à découper ses mots au rasoir, à effiler ses phrases, à se montrer aussi tranchante que l'y autorise la bienséance. C'est parfait. De la rhétorique à l'ancienne, sans histoires.

– Maman ! Hans voulait seulement prendre soin de ta santé !

– C'est vrai, Anna. Ne m'en veuillez pas, mais si je me suis permis de vous faire cette réflexion, bien que nous nous connaissions encore peu, c'est parce que, ces derniers jours, j'ai souvent remarqué le sifflement de vos bronches et votre toux d'irritation, sèche, caractéristique des gros fumeurs.

Ce petit dentiste est un contorsionniste, un lombric de salon. Dès qu'il est dans l'embarras, il ondule, louvoie, se tortille comme un ver de terre.

– Faites-moi plaisir, Hans. Ne vous occupez plus de mes bronches et oubliez ma toux.

– Comme vous voudrez. Mais vous prenez de gros risques, Anna, vous réduisez considérablement votre espérance de vie. Il y a là-dessus des statistiques formelles. Sarah l'a parfaitement compris. Elle a énormément réduit sa consommation de cigarettes ces derniers temps, n'est-ce pas, chérie ? et je ne désespère pas de la convaincre d'ici quelques semaines d'arrêter définitivement.

– Hans est notre ange gardien à tous.

Il n'y a pas la moindre ironie, pas la plus petite distance dans ce que vient de dire ma fille. Et comme pour nous prouver le bien-fondé de son jugement, la voilà qui se love théâtralement contre l'épaule de cet orphelin velu, rayonnant dans son rôle de saint Christophe pulmonaire et d'âne bâté comblé par la vie. Ma femme, maintenant aussi indisposée que moi par le bonheur arrogant de ces jeunes parvenus, tire exagérément sur sa cigarette et se gorge de nicotine pour conjurer les sentences de Brentano, tous ces mauvais présages auxquels je sais qu'elle n'est pas insensible. Jacob et Nathan observent en silence la pavane crispante de leur sœur aînée et de celui qui pourrait bien devenir prochainement leur beau-frère, si aucune lame de fond ou aucune fluxion foudroyante ne compromet son avenir galopant. Pour ma part, je sirote un soda en songeant à la Hamilton qui m'attend. J'ai bien une idée pour rentrer en possession de cette montre. Mais cette pensée me met trop mal à l'aise pour que je la formule ouvertement.

J.F.K., Brookline, 1962. Je dois convaincre Kuriakhine de me céder ce bien. Lorsque j'y serai parvenu, mon premier geste sera d'aller chez un bijoutier pour faire graver *Polaris* sur le boîtier. Pas de date. Seulement mon nom.

J'ai encore dans la tête le bruit simple et rigoureux du mécanisme. Pour la première fois depuis bien longtemps, j'ai envie de quelque chose. L'envie est sans doute la plus respectable, la plus troublante des émotions. Je veux dormir, vivre avec cette « Hudson ». Je veux fixer le petit œil noir du remontoir. Je veux sentir la pression du bracelet sur mon poignet.

Je suis heureux d'avoir mordu Munthe.

Assise sur le rebord du lit, Anna se déshabille comme un homme, sans aucune féminité. On dirait un voyageur de commerce qui, sa journée finie, ne possède plus la force de donner le change. A ses pieds, ses vêtements forment un petit tas résigné. Mais, au moment où elle se lève pour se glisser dans les draps, mes impressions basculent, j'oublie ses manières de prospecteur-placier, et mes yeux ne voient plus que l'arrondi de ses fesses somptueuses. En moi-même, je répète cette phrase qui sonne comme un refrain de salsa : « J'aime le cul d'Anna. »

– Qu'est-ce que tu penses de Hans ?

– Qu'est-ce que tu veux que j'en pense ? Que peut-on penser d'un pareil garçon ? Il prépare mon café, prend soin de mes poumons, de ceux de ma fille, et a promis de te donner bientôt son sentiment sur tes livres. De plus, il joue régulièrement au tennis avec les jumeaux et nous invite à célébrer je ne sais trop quoi sur son yacht. J'ai rencontré ce garçon pour la première fois il y a quatre ou cinq jours et j'éprouve pourtant le sentiment bizarre qu'il a toujours vécu dans cette maison, qu'il fait partie de la famille.

– Je crains que ça ne soit malheureusement bientôt le cas.

– Tu viens te coucher ?

– Non, j'ai des choses à ranger à la cave.

– A la cave, à cette heure-ci ?

– Oui, je vais un peu déblayer. J'ai décidé de déménager mon bureau de l'étage et de l'installer au sous-sol.

– Qu'est-ce qui te prend ?

– Je ne sais pas. J'ai envie de changer. Ça me semble une bonne idée. Et puis, comme ça, tu pourras disposer de la pièce du haut.

– Mais enfin, je n'ai pas besoin de cette pièce. C'est tout noir, en bas, il y a à peine trois petits soupiraux. Comment peux-tu envisager de t'enterrer là-dedans ?

– J'y serai très bien.

La pièce, rectangulaire, saine, est tempérée par les multiples tuyauteries du chauffage central. Le sol et les murs sont cimentés, le plafond est recouvert de plaques de plâtre grossièrement jointées et vissées à la charpente. Voilà mon nouvel univers. Quelque chose peut advenir de ce dépouillement. Je veux croire que ma vie repartira de ce sous-sol. En ce moment, quelqu'un marche dans la pièce au-dessus de moi. Avec un peu d'habitude, je serai bientôt capable de reconnaître le pas de chacun des membres de cette maison, de savoir qui rentre et qui sort.

Il est un peu plus de minuit et l'essentiel du nettoyage est terminé. Demain je descendrai ma table et quelques meubles de rangement.

– Tu as déjà tout débarrassé ?

Debout sur la dernière marche de l'escalier, vêtue de son peignoir en tissu-éponge, Anna promène sur la pièce un regard incrédule. Elle me dit qu'elle n'arrivait pas à dormir et qu'elle est venue voir ce que j'étais en train de fabriquer. Alors elle voit un homme au centre d'une cave, les vêtements couverts de poussière, le front moite, les mains noires, un homme avec une lampe nue suspendue juste au-dessus de la tête, qui ne sait pas vraiment quoi dire, un homme dont les bras pendent le long du corps et qui n'ose pas avouer qu'il n'a plus en tête que le tic-tac d'une montre.

Gardant sa pose altière, sur cette sorte de piédestal, Anna rejette ses cheveux en arrière et allume une cigarette qu'elle a tirée de sa poche. Excité par cette attitude hautaine, malgré la crasse qui me recouvre et l'inconfort du lieu, en dépit de ce que je suis et de ce à quoi je ressemble, j'avance vers elle, glisse mes mains sous son linge de bain, empoigne sa chair encore tiède de la chaleur du lit, et lèche avec âpreté ses jambes et le bas de son corps.

Je suis à genoux sur les marches. Comme un pèlerin. Mon visage est enfoui entre ses cuisses. Curieusement, je pense au tabac, à la douceur de la fumée de cigarette. Et puis, comme on attrape un chien par le collet, sa main saisit ma nuque et me guide avec autorité.

– Baise-moi, Polaris. Maintenant.

Au moment où elle prononce mon nom, une bouffée de sang afflue à mon visage et un frisson glacé me parcourt. Polaris. Dans cette circonstance, dans ma position, mon patronyme me devient tout à coup étranger. Il me semble que ma femme s'adresse à quelqu'un d'autre que moi, un inconnu. J'entends bien qu'elle veut être prise sans retard, mais je n'arrive pas à admettre que je suis bien le Polaris dont elle parle, cet homme qu'elle interpelle comme un palefrenier, un amant à la langue fourchue.

– Je la veux. Mets-la-moi.

Polaris se redresse, sort l'arme du crime et, avec un calme troublant, fait exactement ce qu'on lui dit de faire. Polaris prend sa femme, debout, au sous-sol, sûr de ses gestes et de ses forces. Dans son nouvel univers, Polaris est un prince.

Je tiendrai. Autant de temps qu'il le faudra. Je resterai raide des heures entières s'il le faut, jusqu'à ce qu'elle estime que son corps ne peut en recevoir davantage. J'ai l'esprit totalement clair et dominateur. Je sais que la Hamilton y est pour beaucoup. D'une certaine manière, je dois d'ores et déjà être digne de cette montre, lui faire honneur. J'ignore ce qu'Anna a fait de sa cigarette. Peut-être est-elle en train de se consumer lentement par terre. En tout cas son parfum subtil flotte dans l'air et m'encourage. Je regarde œuvrer ma queue transfigurée, gorgée de vie, volontaire. Mes mains de charbonnier saisissent la gorge d'Anna et jouent avec le flux sanguin de sa carotide avant de glisser sur ses flancs et d'écarter son fessier.

– J'en veux encore. Donne-m'en davantage.

Anna réclame son dû. Une perspective différente de la vie. Quelque chose qui n'est pas loin de la Hamilton. Un moment simplement meilleur que les autres, pris sur ces planches grossières, dans cette cave rugueuse, au cœur de la crasse, en compagnie d'un homme sans grand mérite. Ce qu'elle demande, c'est un peu de répit avant la tombe. Je sais ce que je dis.

Il me faudrait des nuits et encore des nuits pareilles à celles-ci pour me laver de toutes ces années, pour essorer cette mauvaise sueur, ces humeurs aigres que j'ai accumulées là-haut, dans ce bureau maritime. Ce soir, mes jambes doivent supporter le poids de tout ce passé et tenir jusqu'à ce qu'Anna jouisse. Ensuite, les choses redeviendront comme avant.

Je sais que je serai bien dans cette cave. Ma vie va prendre une tournure nouvelle, je n'aurai plus mal aux dents et jamais plus je ne m'abaisserai à m'asseoir sur un fauteuil tournant. Lentement, je sens le monde me filer entre les doigts, je m'accroche aux épaules d'Anna, je gueule comme un montagnard aspiré par le vide, et, simultanément traversés par un spasme, le corps et l'âme vide, nous nous affaissons comme deux vieux sur les planches de bois.

Pareilles à des flocons, mes pensées se déposent doucement au fond de mon esprit.

J'entends marcher. Des pas fermes, assurés, qui pourraient bien être ceux d'un dentiste. Il faudra des années avant que le jeune Brentano découvre le bonheur que l'on peut avoir à vivre à genoux dans une cave.

J'envie Janssen d'avoir si longtemps profité d'Anna.

Je crois que cet homme est catholique. Il y a toujours quelque chose qui cloche avec les catholiques.

– Je crois que je vais aller dormir. Tu viens ?

– Oui. J'ai rangé l'essentiel.

Ce matin, je me suis levé de bonne heure. En même temps qu'Anna. J'ai une journée chargée. Avec un vrai programme. D'abord déménager mes affaires au sous-sol, puis rendre visite à Victor Kuriakhine. Je dois absolument lui parler. Il me recevra. Durant le petit déjeuner, tandis que les jumeaux accumulaient les calories, que Sarah était déjà pendue au téléphone, j'ai échangé avec ma femme quelques regards complices, à la fois tendres et pleins de sous-entendus. Lorsqu'elle est partie, je l'ai regardée monter dans sa voiture. Pour la première fois depuis longtemps, je me suis senti coupable de lui laisser porter seule tout le poids de cette famille. J'ai eu envie de l'aider.

Le ciel est aussi limpide qu'aux plus beaux jours d'août. Le printemps semble définitivement s'installer.

Il m'a fallu moins de deux heures pour aménager ma nouvelle pièce. Tout est en place. J'ai même tiré une ligne électrique pour pouvoir brancher des lampes sur pied. Je ne sais pas ce que mon père penserait de mon nouvel endroit. Sans doute aurait-il quelques difficultés à comprendre que l'on puisse délaisser un point de vue sur la baie pour se terrer dans un ergastule où la lumière ne filtre qu'au travers de maigres soupiraux.

Je suis tout surpris de constater que le transistor fonctionne dans cette cave. Cette performance inattendue de mon récepteur finit de me mettre de bonne humeur et renforce la tendresse que j'éprouve pour mon nouveau territoire. Je suis finalement au centre des événements. Dissimulé dans ce poste d'observation souterrain, je peux prêter une oreille aux nouvelles du monde tout en vouant l'autre à la distraite surveillance des allées et venues familiales.

Je suis une taupe.

J'ai hâte de me retrouver face à Victor. De prendre la montre en main. D'écouter son bruit. De toucher son verre. Je pense au jour où je la poserai à plat sur mon bureau, où son œil noir ne regardera plus que moi.

L'eau de la douche ruisselle sur mes épaules, mon ventre, mon pubis, court le long de mon sexe pour former une petite cascade à son extrémité. Je ferme les yeux. La pression du jet martèle mes paupières.

– Nous avions rendez-vous ?

– Je ne crois pas.

– Je suis désolé, je crains de ne pas pouvoir vous prendre aujourd'hui.

– Vous savez ce qu'il advient des thérapeutes qui refusent de me recevoir.

Je dis cela avec un sourire sans équivoque, une bonhomie complice, et, cependant, Kuriakhine m'adresse une repartie que je juge agressive et blessante :

– N'oubliez pas, cher monsieur Polaris, que j'ai aussi de très bonnes dents, notamment d'excellentes canines. Alors ne jouez pas à ce petit jeu avec moi. Entrez. Mais seulement quelques instants. J'ai un patient qui doit arriver d'une minute à l'autre. Non, non, ne vous allongez pas, c'est inutile, prenez plutôt ce siège, nous n'avons pas le temps d'entamer une séance sur le divan.

Je laisse dire Victor, et, m'installant à mon aise, je m'étire de tout mon long sur le sofa en prenant une profonde inspiration. Debout face à moi, les mains derrière le dos, dans la posture du maître contrarié et réprobateur, Kuriakhine me fixe :

– Je préfère vous prévenir, monsieur Polaris. Vous tombez très mal. Cet après-midi, je n'ai ni humour ni patience. Alors faisons vite et soyez concis.

– Je voudrais voir la montre.

– Il n'en est pas question.

– Je suis venu pour ça.

– Relevez-vous, monsieur Polaris. Quittez, je vous prie, ce divan et sortez de cette pièce. La montre est au fond de ma poche et elle y restera.

– Je veux la regarder.

– Vous n'avez plus l'âge de pareils enfantillages. Soyez gentil, ne me faites pas regretter d'avoir eu la faiblesse de renouer avec vous. Il n'y a pas de place pour ce genre de caprices dans notre relation.

– Je ne sortirai pas d'ici avant d'avoir eu ce que je voulais.

– Vous n'aurez rien, absolument rien.

Je n'avais pas envisagé la possibilité que Kuriakhine pût se montrer aussi inamical. Quelque peu désarçonné par son hostilité, je ne comprends pas qu'il oppose un refus à une demande pourtant raisonnable et convenable.

– Vous n'avez pas le droit de me traiter de la sorte. C'est vous qui m'avez mis cette montre en tête, vous qui me l'avez fourrée sous le nez, allant même jusqu'à me faire renifler son cuir. Toute une séance durant, vous m'avez expliqué que des gens étaient morts et que d'autres avaient traversé la Terre pour qu'un jour je puisse prendre cette Hamilton entre mes doigts. Vous avez bâti toute une histoire autour de moi et de cette chose. En conséquence, ce que je demande aujourd'hui n'a rien d'extravagant. Au contraire, ma requête est fondée, totalement justifiée.

– Cher monsieur Polaris, vous semblez établir une confusion embarrassante entre la symbolique, c'est à dire « l'ordre-des-phénomènes-auxquels-la-psychana-lyse-a-affaire-en-tant-qu'ils-sont-structurés-comme-un-langage », et votre perception, disons triviale, de la réalité. Autrement dit, un jour, à Dallas, Texas, dans un magasin spécialisé et par pure fantaisie, j'ai acheté une montre d'occasion à un vendeur hâbleur. Je l'ai payée au prix fort. Vous ne devez donc conclure qu'une chose de tout cela : je suis l'unique propriétaire de cet objet. A un point tel, monsieur Polaris, que même l'heure qu'indiquent les aiguilles de ce boîtier m'ap-partient.

– Je ne peux admettre ni l'arrogance de vos explica-tions, ni la brutalité de votre refus.

– Et pourtant, vous le devez. C'est moi, et moi seul,

qui fixe les règles de nos nouveaux entretiens. N'oubliez pas que ces séances sont gratuites, que vous ne payez rien. On ne réclame pas lorsqu'on reçoit un cadeau, monsieur Polaris.

– Je n'ai rien demandé, rien sollicité. C'est vous qui m'avez contacté et proposé pour je ne sais quelle obscure raison de revenir vous voir.

– Cela est exact mais ne vous donne pas pour autant un quelconque droit sur mon patrimoine. L'incident est clos. Je vous demande de quitter ce cabinet et de me joindre ultérieurement par téléphone pour que nous fixions un rendez-vous. J'espère que, d'ici là, vous vous serez débarrassé de ces surprenantes préoccupations horlogères.

– Vous n'avez pas l'air de comprendre ce que je vous dis. Il ne s'agit pas d'une lubie ou d'une fantaisie. J'ai encore en tête vos propres paroles : « Et si tout cela n'était arrivé qu'en vue de préparer l'instant que nous vivons ? S'il avait fallu tous ces morts pour vous réunir un jour, vous et cette Hamilton ? » Depuis notre dernière rencontre, ces phrases n'ont cessé de tourner dans mon esprit jusqu'au moment où j'ai senti que cette Hamilton était l'élément à partir duquel je pouvais redémarrer quelque chose. Vous savez parfaitement ce que je veux dire. J'ai même envisagé la possibilité que ces histoires de montres ne soient qu'un tour que vous utilisiez avec certains de vos patients, une ficelle grossière d'analyste pour stimuler des cas particuliers de dépression. Oui, j'ai songé que vous aviez imaginé tout ce scénario afin d'appâter le neurasthénique, le raccrocher à la réalité, le tenter en lui redonnant l'envie de participer à l'Histoire. Peut-être, dans vos tiroirs, se trouve-t-il un stock de vieilles Hamilton achetées au poids et gravées aux initiales de quelques personnages emblématiques susceptibles de couvrir le champ relativement restreint des fascinations humaines. En vérité, tout cela ne m'intéresse pas. Je vous laisse seul juge et maître de vos moyens et de votre art. En revanche, j'ai besoin de ce modèle « Hudson ». Je suis prêt à payer ce qu'il faudra. Et puisque vous me poussez à bout, sachez que j'ai même envisagé l'extrême.

– C'est-à-dire ?

– Je pourrais vous tuer pour prendre cette montre.

– Et si je vous répondais que je pense être capable de mourir pour la garder ?

– Je ne vous croirais pas. Ou bien cela signifierait que l'objet est authentique, et donc, à mes yeux, encore plus désirable. Ou encore que vous acceptez une prise de risque disproportionnée et grotesque pour mener à terme une thérapie dont vous ne pourrez jamais mesurer l'efficacité. Tout cela est profondément ridicule. Dans votre profession, on vit longtemps et l'on ne meurt jamais pour une montre. Jamais.

– Cher monsieur Polaris, votre intéressante construction paranoïaque n'a qu'un défaut : elle ne repose sur rien de tangible. Tout n'est qu'allégations, conjectures, supputations. Vous êtes devenu une machine à fabriquer du doute. Et puis, croyez-vous qu'il soit réellement possible de rebâtir une nouvelle vie à partir d'un meurtre ? D'un simple point de vue juridique et pratique, c'est une politique désastreuse. Tout cela n'est pas raisonnable.

Je me lève d'un mouvement brusque et marche vers Kuriakhine à la façon d'un homme gravement offensé. Dans son regard, pas la moindre trace de crainte ou de peur. Sans doute sait-il par avance qu'il ne s'agit de ma part que d'une tentative d'intimidation. Je n'ai nulle envie de le mordre. Il dit :

– La montre est dans ma poche et elle y restera.

10

A chaque séance du conseil d'administration de la clinique, Anna redécouvre la nature profonde de ses confrères, leur goût du lucre et leur inclination obsessionnelle pour la convoitise. Lors de ces assemblées, il est principalement question d'argent, mais l'on traite aussi toutes sortes de petits problèmes, ces sujets secondaires, mineurs et mesquins, ce combustible brut, grossier mais signifiant qui alimente la vie quotidienne des entreprises. Ainsi, lors des répartitions budgétaires, chaque service, gagné de façon mécanique par les fièvres revendicatrices, s'acharne à renégocier le quota de ses places de parking, le renouvellement du mobilier de sa cafétéria ou encore l'accroissement du patrimoine audiovisuel de ses salles de repos. Tous ces avantages et équipements sont, bien sûr, exclusivement réservés à l'usage des médecins et des chirurgiens, qui n'hésitent pas, si l'on rejette leurs exigences, à brandir la menace de leur démission.

Parfois, il suffit que l'on accède à l'invraisemblable requête d'un clan pour que tous les autres réclament un privilège identique, fût-il totalement incongru. Nul ne se résout jamais à concéder la moindre prérogative. C'est une question de principe, une guérilla d'ego à laquelle se livrent tous les patrons désireux de jauger leur influence et leur prestige. On se bat donc pour des plats cuisinés, des bacs de plantes vertes, des fauteuils de relaxation, des téléviseurs à rétroprojection, des consoles de jeux vidéo, des places de garage couvert.

Ne détenant aucune part dans l'établissement, Anna participe à ces réunions en tant que déléguée du personnel salarié. Il lui arrive souvent de se sentir mal à l'aise au milieu de cette assemblée majoritairement composée d'hommes aussi suffisants, agressifs et arrogants que des coqs de combat. Mais, cet après-midi, tandis que les rayons de soleil s'attardent sur ses jambes, elle se sent sereine, en phase avec ce nouveau printemps qui vibre, dehors, au-delà des vitres de cette salle. Les marches de la cave sont sans doute pour beaucoup dans ce surprenant bien-être.

Depuis que Samuel lui a annoncé sa décision de déménager son bureau, passé le premier instant de surprise, elle ne cesse de réfléchir à la façon dont elle pourrait décorer cette pièce. Samuel la lui a officiellement cédée, ostensiblement, un peu comme on lègue un bien de son vivant. Elle sait que cet endroit, profondément imprégné du passé de son précédent utilisateur, est un héritage qui peut avoir un aspect embarrassant, intimidant même. Mais, d'un autre côté, ce bureau offre un panorama inégalable, unique, un véritable point de vue sur le bonheur. Préférer un sous-sol à ce site est, pour Anna, incompréhensible. C'est choisir de vivre en soute plutôt que sur le pont supérieur. C'est préférer la pénombre des puits à la clarté des balcons. C'est rôder près des tombes.

Anna songe à la nouvelle disposition des meubles, à l'orientation des fauteuils dans ce qui est désormais son nouveau territoire, lorsqu'elle est tirée de sa rêverie par le timbre d'une voix familière, une voix qui provient de l'autre côté de cette grande table de réunion.

– Monsieur le président, tant que nous sommes au chapitre des questions budgétaires, j'aimerais déposer devant le conseil une demande d'équipement.

Janssen n'est ni debout ni assis. Il se tient le dos courbé, les fesses en suspension au-dessus de son siège, les jambes légèrement fléchies, les mains posées à plat, en appui sur le bureau. Il se trouve dans la position d'un homme hésitant, d'un intervenant sur le reculoir qui craint de devoir bientôt se rasseoir. Il s'adresse à l'administrateur sans le regarder, les yeux baissés sur ce qui semble être une fiche remplie de notes minuscules.

– J'aurais besoin d'un dispositif de verrouillage automatique de la porte de mon cabinet et je souhaiterais que l'on installe une caméra vidéo dans la salle d'attente ainsi qu'un écran de contrôle dans mon bureau.

– En quoi avez-vous besoin d'un tel appareillage, docteur Janssen ?

Afin de pouvoir plus aisément se gratter l'avant-bras, le frictionner avec une étonnante énergie, une détermination presque inquiétante, l'oto-rhino s'est maintenant redressé.

– Je pense ces équipements nécessaires à la bonne marche du service, monsieur le président.

– Mais encore, docteur Janssen ?

– Que puis-je dire d'autre ?

– Cher ami, vous pouvez, par exemple, être beaucoup plus précis sur l'usage que vous comptez faire de ces engins. Votre situation et votre ancienneté dans la maison vous ont sans doute appris qu'à l'intérieur de cette enceinte la formule, tristement bureaucratique et fort peu professionnelle, dite de « la bonne marche du service » n'a aucune valeur. Ce piètre argument n'a jamais rapporté un ducat à ceux qui l'ont fait valoir.

– Très bien. Le système vidéo me permettrait de connaître le nombre de patients qui se trouvent en salle d'attente et de régler la longueur de mes consultations en fonction de l'affluence.

– Que je sache, docteur Janssen, vous ne travaillez que sur rendez-vous. Vous savez donc heure par heure quel est le nombre de vos clients. Je dirais même que c'est vous qui, par avance, réglez votre « débit ». Et puis, vous avez une secrétaire, n'est-ce pas ? En l'état, je crains que cette demande d'équipement ne nous paraisse pas justifiée.

– Et le système de verrouillage ?

– Que voulez-vous donc verrouiller, docteur ?

– La porte de mon cabinet ! Je tiens à ce qu'elle reste

fermée ! Je ne veux pas être sans cesse dérangé par les allées et venues des uns et des autres. Le système de verrouillage couplé à la caméra de surveillance me semblait être, de ce point de vue, un ensemble efficace et cohérent.

– Cher docteur Janssen, vous nous décrivez votre bureau comme un véritable forum où toute la clinique se donnerait rendez-vous pour camper et prendre langue. Je crains que vous n'exagériez la portée des nuisances que vous prétendez subir. En ma qualité d'administrateur, et sans oublier ce que l'établissement doit à l'efficience de votre art, je me vois cependant contraint de rejeter cette demande d'équipement, qui ne me paraît pas essentielle à « la bonne marche » de votre service, comme vous dites.

En proie à des démangeaisons apparemment multiples et impérieuses, Janssen se rassoit et bougonne :

– Le conseil s'est montré moins tatillon lorsqu'il s'est agi d'installer un réseau de télésurveillance bien plus sophistiqué dans les locaux de chirurgie plastique.

– Dois-je vous rappeler qu'à l'issue d'un procès malheureux intenté contre la clinique le Dr di Dominico avait été menacé de mort à plusieurs reprises ? Mais peut-être votre vie est-elle en danger, monsieur Janssen ?

Le bas du visage de l'oto-rhino est maintenant tout pâle, tandis que son front rosit outrageusement, ce qui lui donne les couleurs et l'apparence d'un radis. Anna éprouve une honte secrète, indicible, en voyant quêter cet homme qui a touché ses seins, qui s'est frotté contre sa peau, qui l'a pénétrée. Elle voudrait dire à toute cette assemblée qu'il est un lâche, un pleutre paranoïaque, que ses craintes sont infondées, qu'il ne risque rien. Elle voudrait annoncer à tous ces actionnaires que Samuel sait, bien sûr, mais qu'il est au-dessus de tout ça, la preuve, il a enterré l'arme et, surtout, il a quitté la pièce du haut pour s'installer à la cave, où, hier soir, il l'a baisée, comme un marin, comme quelqu'un qui revient de loin, alors, elle peut le leur dire à tous, oui, maintenant elle en est certaine, même si le sujet déborde du cadre de la réunion, entre elle et Samuel quelque chose est en train de changer, ils vont essayer de vivre autrement, de s'en sortir, en s'épaulant l'un l'autre sans se soucier des enfants qui désormais sont grands, parce que le temps leur est compté, et que, pour la première fois de sa vie, là, au milieu de sa poitrine, elle sent peser son âge. Alors, cet autre, derrière sa gâche électronique, avec sa Subaru à traction intégrale et cette peur qui le démange, peut bien filmer ce qu'il voudra. Sur son écran il ne verra jamais que les polypes des sourds, les ganglions des muets, les végétations adénoïdes des innocents et l'image récurrente et insignifiante d'un homme nu pompant la glaire, incisant le papillome ou la muqueuse bourgeonnante.

Cet homme-là, Anna le regarde, une dernière fois, tel qu'il est, seul, maniaque, terne et au bout de la table. Elle essaie mentalement de se souvenir de son sexe, mais elle n'y parvient pas.

La séance n'en finit pas. Chacun formule requêtes

et doléances, aligne chiffres et statistiques dans une atmosphère tendue où l'hostilité, la méfiance sont devenues palpables. Anna Barbosa-Polaris s'est abstraite de ces débats. La représentante du personnel salarié nage en plein Océan, droit devant elle, sans produire le plus petit effort ni ressentir la moindre fatigue. Il lui arrive de croiser un banc de poissons volants, et alors, autour d'elle, l'air se met à vibrer. Elle entend le bruit du flot qui effleure ses oreilles, et ses yeux sont fermés car il n'y a rien à voir. Confiante, elle glisse en aveugle sur une mince pellicule, au-dessus d'un gouffre noir. Dans son esprit tout est calme. Aucun souvenir, aucun regret, aucune angoisse ne viennent perturber cette tranquillité. Le goût du sel effleure sa langue, ses lèvres tètent l'iode et ses mains frôlent l'eau plus qu'elles ne la battent. Le souffle ne lui manque pas, ses épaules luisent, son cœur semble s'être arrêté, et, dans cette apesanteur amniotique et tempérée, seule et silencieuse, elle a le sentiment de pouvoir vivre pendant des siècles.

– Madame Polaris.

– Pardon ?

– Voulez-vous, je vous prie, signer la feuille de présence et la faire passer à votre voisin ? Par ailleurs, en tant que mandataire, avez-vous des observations à formuler au nom des salariés ?

Anna a le sentiment que l'Océan vient de se vider brutalement, qu'il a disparu dans une bonde aveugle. Elle se retrouve sur ce siège administratif, dans cette pièce étouffante, au milieu d'une troupe de dindons vétilleux. Son hébétude est telle qu'elle est incapable de prononcer la moindre parole, de revendiquer quoi que ce soit. Alors, sur le document qu'on lui tend, elle signe *Anna Polaris* et demeure abasourdie, sans réaction, aussi immobile qu'une branche fichée dans le sable.

Cela devient une habitude. Sarah a une fois encore invité Brentano à dîner. Ils sont tous les deux dans la cuisine et préparent de conserve le repas à grand renfort d'éplucheuse, de robot électrique, d'autocuiseur, de centrifugeuse, témoignant ainsi de leur inexpérience et de leur enthousiasme de bricoleurs. Tandis qu'ils œuvrent dans un désordre confus, Anna les écoute et les regarde avec le sentiment d'assister à l'une de ces émissions de télé-achat où un couple de démonstrateurs, généralement vêtus de pelures de nylon, virevolte autour d'un appareil électroménager aux contours immodestes, censé embellir le décor, simplifier notre tâche, et surtout assainir nos habitudes alimentaires. Trouvant sa fille et son ami tendrement ridicules, elle les laisse à leur joie de novices et monte à l'étage prendre une douche.

Anna a l'impression de se réhydrater, de sentir son organisme stimulé, comme une plante rincée par l'orage. Il lui semble que ses pores absorbent une part de cette eau qui lui ravine le dos. Tandis qu'une vapeur douceâtre s'accumule dans la cabine, elle entrouvre les lèvres et laisse l'averse tiède pénétrer dans sa bouche.

Le bureau est entièrement vide. On dirait une chambre d'étudiant fraîchement libérée par son locataire. Meubles, tableaux et bibelots ont disparu. La seule chose qui évoque encore la présence de Samuel est l'odeur, un peu fade, de sa lotion, à la fois laiteuse et boisée, qui imprègne les murs et le parquet de pin. C'est avec émotion qu'elle fait ses premiers pas dans son nouveau domaine et s'accoude à la fenêtre dominant l'Océan. Sous cet éclairage crépusculaire, ce ciel piqueté de nuages roses, l'Océan prend une teinte sombre et luisante. Les lumières de la ville, les éclairages des avenues bordent les contours de la baie d'une ganse éclatante. Anna songe que, désormais, il en sera ainsi tous les soirs de l'année, qu'il lui suffira de s'asseoir devant cette baie pour voir tomber la nuit, monter l'orage et changer les saisons. Grisée de bonheur, il lui semble qu'un petit lézard trotte autour de son cœur.

Les plats sont à l'image de ceux qui les ont préparés. Bien présentés, témoignant même parfois d'une recherche maniérée, mais désespérément fades et douceâtres. Anna reconnaît tout de suite cette nourriture quadrichromique inspirée par les pages gastronomiques des magazines féminins. Rien n'est plus ridicule et factice que ces assortiments irréels pompeusement dressés sur une table de famille. Sarah et

Brentano pérorent, citant mal à propos Curnonsky ou Taillevent. Les jumeaux, agueusiques farouches, dévorent goulûment, cependant que Samuel promène sa fourchette à la lisière de ses aliments comme un explorateur méfiant inspecte la surface d'un point d'eau.

– Demain, le rendez-vous est fixé au port, à onze heures, directement sur le bateau. Nous serons une vingtaine. J'ai téléphoné à la météo, ils prévoient du beau temps et même de la chaleur pour tout le week-end. Hans a convoqué l'équipage et il est prévu que l'on parte en mer vers midi. C'est formidable, non ?

– Je déposerai quelques fleurs à l'endroit où mon père s'est noyé. Ensuite, nous pourrons faire le tour des îles et rentrer au port vers dix-neuf ou vingt heures. N'oubliez pas de prendre un lainage, Anna. Dès que le soleil tombe, au large, l'air fraîchit considérablement.

Anna déteste ce genre de remarques. Elle a vécu assez longtemps en bord de mer pour connaître la fraîcheur des soirées océanes et ne pas se faire cornaquer par un blanc-bec frais émoulu de l'Université. Elle voudrait rappeler ces quelques évidences au jeune Brentano, le remettre à sa place sans ménagement, mais, désireuse d'éviter des tensions inutiles, elle renonce à cette mise au point et demande simplement :

– Hans, quelle était la profession de votre père ?

– Stomatologue. Dans son domaine, c'était LA Référence.

Anna regarde en direction de Samuel. Une main devant la bouche, les yeux légèrement plissés, apparemment pensif, son mari semble fixer intensément le fond de son assiette. En réalité, elle qui connaît ses mimiques et toutes ses expressions voit bien qu'il se retient de rire.

– Il était le ponte de la stomatoplastie. On venait consulter Frantz Brentano de partout. Je me souviens même qu'à la maison nous recevions des appels de patients vivant à l'étranger. Et pourtant, au plus fort de sa notoriété et malgré le surcroît de travail que cela impliquait, mon père continuait de donner, trois fois par semaine, des cours à l'université. Son avance théorique et pratique était telle que sa disparition a laissé un grand vide dans la spécialité. Sincèrement, je crois qu'il faudra encore bien des années avant que quelqu'un puisse espérer se hisser à son niveau.

Samuel qui fait semblant de s'essuyer les lèvres, tente de dissimuler le bas de son visage dans sa serviette de table tout en s'efforçant de masquer les spasmes qui agitent la pointe de ses épaules. Anna n'est pas dupe de la manœuvre. Elle a compris que son mari s'arrange, comme il le peut, pour étouffer le fou rire intérieur qui progressivement le gagne.

Sarah est allée dormir chez les Brentano. Les jumeaux, eux, ont décidé de faire un tour du côté du port pour voir à quoi ressemblait ce fameux ketch sur lequel ils vont naviguer le lendemain. Dans sa nouvelle pièce, Anna a déjà installé une lampe, un fauteuil, et rangé quelques livres. Assise sur une pile de revues, elle fume en se demandant combien de temps elle pourra encore supporter les oraisons suffisantes du jeune dentiste et les magnificats de sa propre fille. En l'espace de ces quelques jours, les choses sont allées si vite que sa perception des êtres et des situations s'en est trouvée profondément modifiée. D'abord Janssen, qui, au premier obstacle, a révélé la viscosité de son âme. Samuel, ensuite, qui s'est imposé la trappe, et enfin Sarah, qu'on n'imaginait plus désormais qu'au labeur tout le jour, et procréant la nuit, avec en tête des problèmes de grossesse, des tracas de cantine, des tourments de transports scolaires, des soucis de parent d'élève catholique.

Anna pense que Hans est sans doute la pire chose qui pouvait arriver à sa fille. Elle espère seulement que, si ces deux-là devaient un jour réellement vivre ensemble, Sarah, obéissant à la nécessité tout autant qu'à l'hérédité, tromperait ce garçon jusqu'à la garde.

Anna ouvre la fenêtre, écoute le grondement lointain des rouleaux et regarde le ciel piqueté d'étoiles aussi fraîches et nouvelles que des planètes de printemps.

A minuit, elle pousse doucement la porte de la cave et trouve Samuel à genoux sur le sol, occupé à fixer une étagère basse. Avec un nouvel éclairage et quelques meubles, le sous-sol n'a plus cet aspect rudimentaire et spartiate de la veille. L'endroit a même un côté rassurant, compact, étanche. Dès que l'on pose le pied sur ces marches, on se sent à l'abri, hors du temps et des saisons. A mesure que l'on descend cet escalier, on s'enfonce dans les profondeurs du silence.

– Tu veux que je t'aide ?

– J'ai presque fini.

– J'ai bien cru que tu allais éclater de rire au nez de cet imbécile.

– Je me demande encore comment je suis arrivé à me retenir. J'espère que Sarah ne s'est aperçue de rien.

– Qu'est-ce que tu penses de Hans ?

– Franchement ? C'est un con fortuné promis à un bel avenir.

– Je crois que les Brentano sont des catholiques pratiquants.

– Qu'est-ce qui te fait penser ça ?

– Quelques allusions de Sarah ajoutées au côté terriblement conservateur et sérieux de ce garçon. Je crains que la journée de demain soit mortelle. J'appréhende la cérémonie des fleurs, sur le bateau. Hans a dit qu'il avait l'intention de jeter un bouquet à l'endroit où son père avait coulé. Je trouve ça parfaitement déplacé. Qu'ils déposent des gerbes et se recueillent entre eux, s'ils le veulent, mais il me semble qu'ils n'ont pas à nous imposer une pareille comédie.

– Tu ne trouves pas ça bizarre, cette précipitation, ce désir frénétique d'organiser des fiançailles flottantes ? Et la manière dont ce Brentano s'est incrusté ici, le ton familier sur lequel il nous parle ? Je ne comprends rien à cette histoire ni à ces gosses.

Anna hoche la tête et fait quelques pas en direction du soupirail qui donne vers le nord. En voyant cette petite fente noire percée à la limite du plafond, elle a l'impression de se trouver à l'intérieur d'une boîte aux lettres désaffectée où, dans l'ombre et le retrait, se serait organisée une vie animale aussi paisible que modeste.

La maison est vide, tranquille, telle qu'Anna l'aime. A la façon d'un menuisier, le dos courbé, avec un crayon et une équerre, Samuel trace les coupes d'une étagère de sapin raboté. Sa femme regarde œuvrer ses mains aussi gracieuses que celles d'un tailleur. Elle s'approche de lui, glisse ses mains dans les poches de son pantalon et palpe avec méthode jusqu'à ce qu'elle trouve ce qu'elle est venue chercher. Samuel est surpris comme on peut l'être lorsqu'un inconnu vous appelle par votre nom. Il se redresse, les jambes légèrement écartées, les bras levés, les paumes en appui sur le mur, dans la posture d'un suspect qui subit une fouille à corps. Dans son dos, Anna le presse avec son bassin et frotte sa poitrine contre ses omoplates. Malgré cette situation avantageuse et ces doigts qui le font bander, la pensée de Samuel est soudain parasitée par une idée fixe et unique qui l'obsède. Paradoxalement, en cet instant, la chose qu'il désire le plus au monde est une cigarette de marque Peter Stuyvesant, paquet souple, plein arôme.

Polaris est bien. Ainsi que peut l'être un homme que l'on touche sans qu'il en ait forcément envie et qui demeure donc légèrement distancié de ce plaisir paresseux. Il hume les événements, nez en l'air, comme un chien distrait qui muse au beau milieu d'un champ. Il pense à cette montre du bout du monde que Kennedy

lui a transmise, à ses gencives martyrisées qui s'acharnent à cicatriser, à la chair lacérée sur le bras de
Magnus Munthe, à une libraire qui le flattait dans les
parkings, à l'odeur grasse du canon de son revolver,
aux jambes squelettiques de son père. Tout cela bouillonne confusément dans sa mémoire et remonte à son
esprit dans des effluves brouillés. Il sent la bouche
d'Anna qui effleure sa nuque, sa main qui va et vient
sur sa queue, varie le rythme et compresse le gland.
Alors, il lui murmure certaines choses qu'elle aime
bien entendre et ronronne de manière animale pour
exprimer un plaisir qu'en réalité il n'éprouve pas. Ce
soir, il n'a pas de désir sexuel. Ce qu'il veut, c'est seulement découper des planches à la bonne longueur, les
visser entre elles, puis les fixer au mur. Il n'aspire à
rien d'autre qu'à cette tâche modeste.

Maintenant, la voilà devant lui, accroupie, un genou
appuyé sur le ciment. Elle le déboutonne, le prend
entre ses lèvres, le lèche puis, progressivement, le glisse
dans sa bouche. Lui conserve la même posture, jambes
écartées, mains au mur, et son état d'esprit n'a pas
varié. Il est pareillement absent. Cela ne l'empêche pas
de donner le change, comme sa mère, sa femme, sa
fille l'ont fait tant de fois avant lui. Il simule par respect
conjugal, par tendresse, par politesse, et aussi en vertu
de ce principe auquel il croit, et qui veut qu'en la
matière l'autre soit toujours récompensé ou tout du
moins dédommagé de ses efforts. Bien sûr, sous aucun
prétexte, il n'écrirait ou n'avouerait pareilles choses.
Mais il les pense. Il les a toujours pensées. Il aime aussi

se persuader qu'il n'a jamais été abusé par les femmes qui feignaient le plaisir. Il dit les avoir toujours démasquées dès le premier instant. Et ne pas leur en avoir voulu, au contraire, touché qu'il était de les voir ainsi s'appliquer au mensonge, masquer l'infirmité pour concourir bravement à cette bancale approche du bonheur. Il n'est pas en train de faire autre chose. La tête levée vers le plafond, les bras en l'air, les yeux fermés, il ressemble à un Indien qui implore la pluie. Soudain, la main d'Anna devient plus ferme, ses gestes plus rapides, sa gorge plus profonde, alors, il sait ce qui lui reste à faire. Contractant les muscles de ses cuisses, émettant un râle parfaitement contrôlé, il creuse son pelvis, dégage sa verge et jouit entre les mains d'Anna, mécaniquement, sans réel agrément, mais profondément heureux d'être parvenu à accomplir ce qu'elle attendait de lui.

Lentement, au moteur, le bateau s'éloigne de son amarre en se faufilant avec grâce dans le labyrinthe des pontons. Avec ses deux mâts, ses superstructures en acajou, son accastillage fourni, son pont lamellé de teck, ce ketch est sans doute l'un des voiliers les plus élégants du port. Anna et Samuel se tiennent à l'arrière, près du barreur, un homme aux cheveux blonds et bouclés, sans âge, au visage impénétrable. La plupart des invités ont pris place à l'avant autour de Lydia Brentano, la propriétaire du bâtiment, qui trône sur une sorte de sofa en rotin matelassé.

C'est elle, tout à l'heure, qui a accueilli Anna et Samuel lorsqu'ils sont montés à bord. Elle leur a dit quelque chose de convenu, comme : « Vous êtes les parents de Sarah ? Elle nous a beaucoup parlé de vous », puis leur a tendu une main paresseuse dont les doigts pendaient mollement. Cette poigne inconsistante tranchait avec le physique sec et nerveux de cette femme de soixante ans, qui semble soigner son apparence physique. Ensuite, elle a pris le bras de son fils, puis, d'une voix compassée, lui a demandé de faire visiter les cabines et le carré aux Polaris, ajoutant :

– Veille à ce que l'on ait bien livré les fleurs, chéri, nous levons l'ancre dans cinq minutes.

Samuel a été gêné d'entendre ces mots prononcés par cette femme. Sur ces lèvres maquillées et boudeuses, l'expression « lever l'ancre » lui a soudain paru grotesque et déplacée. Certaines choses simples jurent dans la bouche des gens affectés. Ils ne savent jamais les dire. Dès qu'ils emploient des termes trop éloignés de leur condition et de leur vocabulaire usuel, leur langage commence à sonner comme un bronze fêlé. Samuel est attentif et sensible à ce genre de distorsions.

Ensuite, Lydia s'était fait un devoir de présenter elle-même les Polaris à tous ses invités. Au cours de cette cérémonie Samuel a serré des mains qu'il méprise, exècre, des mains qu'il ne connaît que trop, des mains de pontes de la dentisterie. Il a salué aussi les épouses de ces grossiums et trouvé leurs poignes pareillement suspectes.

Tous les participants de cette sauterie navale, à l'exception peut-être du frère aîné de Lydia Brentano, sont des confrères du praticien défunt. Samuel est persuadé que tous les invités savent qu'il est le tombeur de Magnus Munthe, l'homme qui a mordu la Référence jusqu'à l'os. Cela n'a pas empêché ces dentistes de lui sourire et de prendre sa main dans les leurs.

Le ketch a maintenant dépassé la barre et contourne la pointe du phare, la proue fièrement engagée vers le large. Tandis que, sous le regard inquiet de Sarah et de Hans, les jumeaux s'affairent autour des instruments électroniques de navigation, Anna, appuyée au bastingage, passe son bras sous celui de son mari :

– J'ai bien aimé, hier soir.

Il la regarde avec douceur et éprouve des sentiments qu'il ne saurait définir tant ils sont enfouis profondément en lui. Il est heureux d'être auprès d'elle et de la voir sourire. Sur ce bateau rempli de stomatologues, ses dents étincellent.

En quelques manœuvres habiles, l'équipage a déployé toutes les toiles. Le ketch navigue maintenant avec ses seules voiles, gonflées par une brise soutenue sous un soleil brûlant. La plupart des passagers arborent des casquettes de marine à larges visières. A l'avant, un membre de l'équipage sert du champagne, tandis que le barreur annonce une vitesse de six nœuds.

Une coupe à la main, de sa voix déplaisante, Lydia Brentano prononce un petit discours de pure forme, exprimant avec détachement des vœux de bonheur pour son fils et Sarah, avant de reprendre place sur son petit canapé, entourée de sa cour.

Il y a quelque chose de macabre dans cette fête, un parfum funèbre semblable a celui qui flotte durant les cérémonies d'anniversaire des incurables. Lydia regarde dans le vague et dit :

– C'est la première fois depuis la disparition de Frantz que nous reprenons la mer.

Tout le monde hoche la tête d'un air grave. Anna observe Samuel. Détendu, les yeux levés vers les mouettes, il mordille sa lèvre inférieure.

Anna et Samuel Polaris se tiennent autant qu'ils le peuvent à l'écart des autres passagers. L'atmosphère viciée de cette petite croisière, ce climat de deuil ostentatoire, fabriqué, les insupporte.

– Benny Grimaldi, enchanté. Frantz était mon meilleur ami. La crème des hommes. Votre fille est charmante, madame. Lydia m'a confié qu'elle terminait de brillantes études d'orthodontie. C'est une excellente spécialité. Très en vogue depuis quelques années. La malposition des dents est à l'origine de bien des pathologies dentaires. Les rectifier à temps, c'est, si j'ose dire, soigner le mal à la racine. Vous écrivez, paraît-il, monsieur Polaris. Des romans, c'est ça ? Intéressant. Malheureusement, vu l'état de la bouche de mes contemporains, je n'ai guère le loisir de m'adonner à la lecture. Comme dit le proverbe anglais : *Water, water everywhere and not a drop to drink.*

– Je ne saisis pas.

– Qu'est-ce que vous ne saisissez pas, monsieur Polaris ?

Benny Grimaldi est un homme lourd, large, grand, un personnage granitique au poitrail de buffle. Surgi d'on ne sait où, il s'immisce entre Sarah et Anna, leur imposant sa présence et sa conversation. Il éponge son front avec un petit mouchoir bordé de dentelle et se tient légèrement cambré, ce qui ne fait que souligner son embonpoint.

– Le sens de votre maxime, dans le contexte.

– Un proverbe ne s'explique pas, monsieur Polaris. Vous devriez savoir cela. Un proverbe, c'est comme la nuance d'une couleur. Certains la perçoivent, d'autres pas.

– Je ne comprends rien à ce que vous racontez.

Amusé par l'incohérence arrogante de Grimaldi, Samuel sourit, dévoilant ainsi une partie de ses fraîches cicatrices :

– Ce sont donc ces dents-là qui ont mutilé, que dis-je ? déchiqueté ce cher Magnus Munthe ? C'est avec ces canines ébréchées que vous l'avez mis en pièces ! J'ai peine à le croire. A la description que l'on m'a faite de ses blessures, je m'attendais au moins à découvrir la mâchoire d'un homme-loup ou d'un mastiff. Et qu'est-ce que je vois ? Une dentition de passereau. C'est encore plus drôle. Permettez-moi de vous serrer la main, cher ami. En vous attaquant à ce faisan, vous avez rendu un fier service à la profession. Chaque journée où ce charlatan n'exerce pas est une journée bénie !

– Je croyais que Munthe était considéré comme une sommité.

– C'est malheureusement l'opinion la plus largement répandue. Mais il m'est arrivé trop souvent d'hériter de cas difficiles qu'il avait bâclés pour partager ce point de vue. Je peux voir votre bouche ?

– Non.

Vexé, sans un mot, Benny Grimaldi disparaît aussi prestement qu'il a surgi. On le retrouve un peu plus tard au milieu de la cohorte des courtisans de Lydia, qui, à l'abri de ses lunettes de soleil, arpente le pont en s'éventant avec un magazine. Sa silhouette encore svelte est celle d'une femme épargnée par la vie. En passant près de son fils, elle marque une halte, demande : « C'est encore loin, chéri ? », puis s'éloigne en pestant contre la chaleur, le printemps précoce, le bruit assourdissant des mouettes, et s'assoit en grimaçant sur le caisson contenant les bouées de sauvetage, à l'ombre mouvante d'une voile.

Depuis quelques minutes, Hans et le pilote consultent une carte marine afin de conduire le bateau au plus près de l'endroit où Frantz Brentano s'est noyé. L'équipage a ramené la majeure partie de la toile et la vitesse du ketch s'en ressent cruellement. Arrivé à ce point théorique censé surplomber la dépouille de son père, Hans donne l'ordre au barreur de stopper et de jeter l'ancre.

A l'exception du personnel de bord, qui demeure en

retrait, la totalité des passagers invités à célébrer les fiançailles de Sarah Polaris et Hans Brentano sont maintenant regroupés en cercle sur la plage arrière du bâtiment. Une corbeille d'osier, remplie de roses rouges, déposée à l'extrême de la poupe, se détache sur le bleu profond de l'Océan. Le jeune Brentano se place devant cette gerbe, et, la voix brisée, dos à la mer, dit :

– *Pater noster qui es in coelis, sanctificetur nomen tuum, adveniat regnum tuum*...

Aussitôt, l'assistance recueillie, solidaire et fervente, l'accompagne dans sa prière, et c'est une puissante rumeur catholique qui s'élève du pont et monte vers le ciel, bien au-delà des mâts.

« ... *Sicut et nos dimittimus debitoribus nostris, et ne nos inducas in tentationem*... » Anna voudrait disparaître, quitter ce navire, fuir à la nage pour ne pas entendre sa fille implorer pareillement le Seigneur, ne pas la voir larmoyer sur la tombe putative d'un stomatologue qu'elle n'a jamais connu.

« *Sed libera nos a malo. Amen.* » Toujours affublée de ses lunettes de soleil qui accentuent son image de veuve hellène inconsolable, Lydia Brentano se rapproche de son fils, prend son bras et se met à parler plus haut, plus fort que le vent :

– Si nous sommes tous réunis aujourd'hui à l'arrière de ce bateau, *son* bateau, c'est pour nous souvenir qu'ici même, il y a deux ans, disparaissait Frantz, notre Frantz, votre ami, l'homme avec lequel j'avais passé toute ma vie. Depuis son départ, à divers titres, nous voilà tous orphelins. Il nous manque, et rien ni personne ne le remplaceront jamais. C'était un être d'exception, intègre, riche d'esprit et de cœur. Nous lui devons tous quelque chose. De là où il se trouve, j'espère qu'il nous voit, qu'il nous entend, j'espère qu'il peut mesurer votre fidélité et votre affection. De là où il se trouve, je sais qu'il continue de veiller sur nous et de nous aimer.

Benny Grimaldi sort du rang, boutonne son blazer, lisse ses poches et regarde vers le ciel comme un homme qui recherche la luminosité pour satisfaire un besoin d'éternuement :

– Je sais que tu es là, aujourd'hui, mon vieil ami, sur ce bateau, parmi nous, et ta présence nous réconforte, nous fortifie. Si nous avons fait ce voyage vers toi, sur ce voilier que tu aimais tant, c'est pour te dire que nous ne t'oublions pas, que, malgré le temps, tu restes présent dans chacune de nos mémoires et de nos vies. Ton fils, qui, soit dit en passant, te ressemble de plus en plus, est désormais prêt à prendre ta suite. Au moment où il débute sa vie, nous lui disons, nous TE disons, que nous sommes tous auprès de lui pour le conseiller et l'aider à gravir les sommets que tu avais atteints. Deux ans déjà que tu as disparu dans ces eaux. Te souviens-tu que tu citais sans cesse cette maxime de l'auteur anglais Arthur Crankcase : *Water, water everywhere and not a drop to drink* ? Ta voix, l'élégance de ton phrasé, la noblesse de tes propos nous manquent cruellement. Comme nous l'avons fait jusqu'ici, nous devrons donc nous accommoder de ce silence, et lorsqu'il nous pèsera trop, nous tenterons de le rompre par la prière. Frantz Brentano, que Dieu à tout jamais te garde auprès de lui. *Agnus Dei, qui tollis peccata mundi, miserere nobis. Agnus Dei, qui tollis peccata mundi, dona nobis pacem.*

La mer est aussi lisse qu'une flaque d'huile, c'est à peine si l'on perçoit le murmure du clapotis contre la coque. Lydia se penche sur le panier de fleurs, prend une rose par la tige, fait le signe de la croix, puis la jette dans l'Océan. A sa suite, un à un, tous les invités répètent le même geste. L'Océan est rouge.

Tous repartent vers l'avant du bateau en une procession dérisoire et grotesque. Les membres d'équipage doivent s'écarter du passage et ramasser les cordages pour laisser la place au convoi. Anna ressent cette mise en scène grotesque comme une profonde humiliation ; aussi, quand sa fille s'approche d'elle et la prend par le bras, elle la rabroue sèchement :

– Laisse-moi tranquille ! Retourne avec ta secte !

– Maman, comment peux-tu ? Un jour pareil !

– Qu'est-ce que c'est que cette comédie et que ces prières ? Tu n'as jamais mis les pieds dans une église.

– Détrompe-toi.

Anna ferme les yeux comme si on venait de lui annoncer que le cœur de son enfant a cessé de battre.

Comme après la plupart des enterrements, une collation est servie à ceux qui ont participé à la cérémonie. Tous les invités de ces curieuses fiançailles se pressent autour du buffet abondant dressé près des cabines. Personne, à l'exception d'Anna, ne prête attention au fait que Samuel est en train de se déshabiller derrière le gouvernail du ketch, jusqu'au moment où, comme deux ans auparavant, retentit le bruit tragique et caractéristique d'un corps qui tombe à la mer. Suivie de ses sherpas, Lydia se précipite vers l'arrière. Le tableau qu'elle découvre la pétrifie : Samuel Polaris, nu comme un ver, pousse de petits cris de joie en nageant au milieu des pétales.

11

Je ne veux pas prendre le risque d'être surpris. J'attendrai donc le temps qu'il faudra. Je n'agirai que lorsque tout le monde dormira et que la maison sera totalement silencieuse. Alors, comme un chien qui déterre nuitamment son os, j'irai récupérer le Colt dans le jardin pour le remettre dans le tiroir de mon bureau. Certes, je faillirai en partie à la promesse que j'ai faite à Anna. En partie seulement. Je m'étais en effet engagé à ne plus conserver cette arme dans la maison. Or, peut-on considérer qu'une cave telle que celle-ci fait partie intégrante de notre villa ? C'est le genre de question frivole que les théologiens aiment bien se poser.

La sortie en bateau et ma baignade d'hier ont laissé des traces dans la famille. Si cet épisode m'a encore rapproché d'Anna, Sarah, en revanche, ne me regarde plus. Aujourd'hui, elle est juste passée prendre quelques affaires dans sa chambre, avant de rejoindre, j'imagine, le couvent climatisé des Brentano. Anna a raison. Il est inconcevable d'organiser de pareilles fiançailles, de prendre des innocents en otage sur un bateau et de leur infliger semblable calvaire. Je trouve cela profondément méprisant, irrespectueux. C'est pour cette raison que j'ai plongé dans cette eau, pour tremper mes fesses dans cet océan qu'ils croyaient pouvoir transformer en bénitier. Je suis fier de l'athéisme féroce de ma femme, j'aime qu'elle alimente cette haine roborative, constante, qu'elle voue à la foi et aux religions. Elle est dans le vrai. Comme elle, je refuse de m'agenouiller et d'implorer je ne sais quelle aumône ou quel pardon, préférant m'en prendre à nos contempteurs, résister au sort qui nous est fait, me débattre jusqu'à la fin. J'ignore ce que notre fille peut bien espérer de sa foudroyante conversion. Mais c'est son attitude ahurissante qui m'a poussé à me jeter à la mer, à profaner les eaux territoriales et sacrées des Brentano. Tandis que nous rentrions au port et que, seul, je regardais le soleil disparaître dans l'Océan, Benny Grimaldi s'est approché de moi :

– Je crois que vous êtes un fou. Un fou furieux habité par le diable. Vous êtes possédé par les forces du mal. Ce que vous avez fait tout à l'heure dépasse l'entendement humain. Depuis que je sais ce dont vous êtes capable, et contrairement à ce que je vous ai laissé entendre ce matin, j'éprouve énormément de sympathie et de compassion pour Magnus Munthe. Je comprends maintenant ce qu'il a dû endurer et comment, malgré la faiblesse de votre dentition, vous avez réussi à lui infliger de si vilaines blessures. Vous êtes la Bête.

Il m'a fixé un court moment en plissant les yeux, puis s'en est retourné dans la cabine, à l'intérieur de laquelle s'étaient retranchés la majorité des amis de Lydia. J'ignore si le chagrin de cette femme est réel, ou bien si elle met perpétuellement en scène sa viduité pour meubler son désœuvrement et contraindre son entourage à cette incessante et pénible gymnastique de consolation.

Je n'entends plus rien. La maison est silencieuse comme une tombe. Je sors de mon terrier avec la discrétion des animaux de nuit. Dehors, le ciel est clair, la lune brillante, et l'on peut se diriger dans le jardin sans l'aide d'une lampe. Il y a des bruits dans les fourrés. Sans doute quelques petits prédateurs que je dérange en pleine partie de chasse.

Je creuse avec précaution, en prenant soin de ne pas heurter de caillou avec ma pelle. L'odeur qui remonte de la terre humide est aussi forte que celle d'un ragoût. Une infinité de nuances se mélangent pour livrer cette touche finale, proche de celle de la réglisse et du bois moisi. J'ai une soudaine envie de tabac.

L'emballage plastique a parfaitement rempli son rôle. De retour à la cave, je peux constater que l'arme n'a pas souffert de son bref séjour sous le sol. Le canon a des reflets huileux. Je dois nettoyer tout cela, remettre chaque élément en ordre et ranger le Colt à sa place dans le fond de mon bureau. Je ne veux pas qu'Anna puisse un jour le découvrir et s'imaginer quoi que ce soit.

Ce revolver n'a d'autre fonction que de permettre de récupérer ma montre Hamilton, modèle « Hudson ».

Anna dort. J'effleure son corps chaud et vivant. Sa peau est lisse comme du verre. Sans la réveiller, du bout des doigts, je caresse ses seins, son ventre, l'intérieur de ses cuisses, et j'embrasse l'arrondi de son épaule. Avant de sombrer dans le sommeil, je la découvre doucement, et, profitant de la brillance de la lune, je contemple ses formes pleines et le sillon rieur de ses fesses.

– Il me semble que les choses sont en train de changer.

– Qu'est-ce que tu veux dire ?

– Je ne sais pas exactement. J'ai l'impression de m'extraire d'une longue période d'hibernation, de sortir d'une nuit interminable. Comme après une anesthésie, quand on revient peu à peu à la réalité. Ces derniers jours, j'ai redécouvert des désirs, des envies que je n'éprouvais plus depuis longtemps.

– Tu m'as touchée et regardée cette nuit.

– Tu ne dormais pas ?

– Non.

Ce matin, Anna n'est pas allée à la clinique. Elle n'avait pas de rendez-vous. Alors, à mon côté, assise sur le rebord d'un meuble, dans cette cuisine lumineuse, elle prend son temps et fume en buvant une tasse de café.

J'aime ce moment, le calme qui nous entoure, l'odeur de l'arabica et celle du tabac mêlées, le soleil éblouissant qui donne l'éclat de la neige aux appareils électroménagers, ces longs silences qui font suite à nos paroles, mais sans rien d'embarrassant. J'aime ce jour qui vient et qui est en passe de devenir mien. Cet après-midi, j'irai chez Kuriakhine. Je n'appréhende pas le moins du monde cet entretien, j'en connais l'issue par avance. Je sais ce que je veux et il ne fait aucun doute que je l'obtiendrai. Ce soir, je m'endormirai près d'Anna avec la montre de Kennedy à mon poignet.

– Pourquoi n'as-tu rien dit ?

– Quand ça ?

– Quand j'ai soulevé le drap.

– Parce que j'aime ça.

– Tu aimes que je te regarde quand tu es nue ?

En guise de réponse, elle dénoue son peignoir et le laisse glisser le long de son buste. La chair dorée de sa poitrine prend par endroits des reflets moirés, et, à nouveau, en moi, la vie se met à battre. Je m'efforce de demeurer à distance, de ne pas l'approcher, de seulement promener mes yeux sur sa peau, ainsi qu'elle le désire. Nous restons là, face à face, dans le désordre des ustensiles, comme la mangouste et le naja, sans bien savoir lequel des deux fondra sur l'autre le premier.

Je viens de prendre une longue douche brûlante. Je porte des vêtements frais. Mon visage est rasé de près. Anna est partie à la clinique. Il est 13 h 30. Je suis au sous-sol, assis devant mon bureau. Tout est en ordre, parfaitement rangé. Une lumière diffuse filtre à travers les soupiraux et teinte les murs sombres d'une nuance métallique. Le revolver est posé devant moi et les balles sont dans le chargeur. Dans une demi-heure, je me lèverai de ce siège, je monterai les marches de cet escalier, puis je partirai chez Victor Kuriakhine.

C'est la première fois que je reste aussi longtemps devant cette arme. Ce soir, je n'en aurai plus aucun besoin. Pour l'instant, je prends le Colt en main, glisse lentement le canon dans ma bouche et mordille les cannelures d'acier avec mes dents. Je demeure ainsi figé un moment, en prenant bien soin de tenir mes doigts éloignés de la gâchette. Les dernières paroles de Benny Grimaldi me reviennent à l'esprit : « Vous êtes la Bête. »

J'ai décidé de me rendre chez Kuriakhine à pied, en longeant le bord de mer. Le revolver est dans la poche intérieure de ma veste. Je sens la crosse frotter contre ma poitrine. Il fait chaud mais je ne transpire pas. Je ne suis pas nerveux, je n'éprouve aucune anxiété. Au contraire. Je suis encore tout imprégné de ce bonheur matinal que j'ai ressenti tout à l'heure auprès de ma femme, et les images fraîches de son corps m'accom-

pagnent tout au long de cette longue marche. Je suis
à genoux dans la cuisine, le visage enfoui entre les
jambes d'Anna. Je sens ses doigts caresser délicatement ma nuque et je l'entends murmurer : « C'est fini,
c'est la fin de l'hiver. » Ses paroles me font un bien
immense. Je veux tout reprendre au commencement.
Je n'ai jamais souffert de vertiges. Je n'ai jamais eu mal
aux dents.

Cela fait plus de deux heures que je patiente dans
la salle d'attente de Kuriakhine. Au moment où il fait
entrer le dernier patient dans son cabinet, il se tourne
vers moi et m'adresse un regard que je qualifierais
d'équivoque. L'espace d'un instant, j'ai l'impression
curieuse que cet homme me convoite. Désormais, je
dois faire le vide dans mon esprit, ne plus me concen-
trer que sur la montre. L'histoire se passe entre Kennedy et moi. Directement. L'infirmière, l'horloger de
Dallas, Victor ne sont que des convoyeurs, des livreurs
anonymes. C'est ainsi qu'il faut voir l'affaire. Elle
commence à Brookline et se termine dans ma cave. Le
reste n'est que péripéties. Je me demande à quoi a bien
pu ressembler ma journée du 23 novembre 1963. Je
ne m'en souviens plus. J'avais treize ans. Je sais seulement que les images de l'assassinat d'Oswald par Ruby
m'ont toujours paru bien plus impressionnantes que
celles de la mort du président. En revanche, je n'ai
jamais oublié le nom de l'homme qui a filmé l'attentat
de Dallas : William Zapruder. Je me demande si, en

utilisant la technologie moderne, il serait possible d'agrandir l'un de ces clichés afin d'identifier formellement la Hamilton de Kennedy. Je suis certain qu'à un moment ou à un autre on la voit apparaître dans les bobines de Zapruder. Qu'est devenue la montre de Lee Harvey Oswald ?

— Entrez, monsieur Polaris, je vous en prie. Installez-vous sur le divan. Je vois que vous persistez dans vos habitudes de me rendre visite à l'improviste. Cela ne m'étonne guère, je vous ai toujours considéré comme quelqu'un d'entêté, de terriblement obstiné, une « tête de pioche » ainsi que l'on disait autrefois. Comment allez-vous aujourd'hui ?

— Je suis venu chercher la montre.

— Toujours cette idée fixe.

— Toujours.

— Et si je vous disais, cher monsieur Polaris, qu'après votre dernière visite, troublé par vos intentions, j'ai décidé de mettre cet objet en lieu sûr, disons à mon coffre, à la banque ?

Je n'ai qu'à voir sa main s'agiter nerveusement dans la poche de son pantalon pour être assuré du contraire. Ce n'est pas sa queue qu'il tripote, comme je l'ai longtemps cru, mais bien la « Hudson », ma « Hudson ».

— Je trouverais cela légitime. Mais vous ne l'avez pas fait.

— Nous devons parler de cette affaire calmement,

cher monsieur Polaris. Je suis tout disposé à y consacrer le temps qu'il faudra. Lorsque je vous ai fait cette confidence, j'ignorais qu'elle prendrait de telles proportions dans votre esprit. J'ai commis une erreur de jugement, une faute thérapeutique, je suis forcé de le reconnaître. Quel prix dois-je payer pour cette bévue ? A nous de le découvrir ensemble. Veuillez prendre place.

– Non. Vous ne me ferez pas m'allonger. Je reste debout et je refuse de discuter. Nos relations sont depuis longtemps terminées, vous le savez fort bien. Je veux seulement prendre livraison de ce qui m'appartient.

– Vous avez, me semble-t-il, monsieur Polaris, une conception assez fantaisiste de la notion de propriété.

C'est la première fois que je sors une arme de ma poche, la première fois que je la pointe vers un homme, la première fois que je vois un visage se marbrer aussi vite d'effroi. J'ignorais qu'il était aussi répugnant de menacer quelqu'un.

– Donnez-moi la montre.

Kuriakhine ne bouge pas et garde sa main enfouie au fond de sa poche. Il s'efforce de faire front pour gagner du temps.

– Savez-vous ce que c'est, cher monsieur Polaris, que de tirer sur quelqu'un ? C'est d'abord accepter le bruit étourdissant de la détonation, essuyer, ensuite, l'effet de recul, respirer l'odeur piquante de la poudre, et enfin croiser un bref instant le regard de l'autre, ses yeux hébétés qui se vident brusquement de toutes leurs images, comme un lavabo débondé. Je passe sur les spasmes musculaires, les contractions nerveuses et la consistance si particulière du sang qui s'écoule. Est-ce réellement un tel spectacle que vous désirez contempler ?

Je m'approche de Victor et pose délicatement le canon sur sa tempe. Si, en cet instant, il pouvait voir la manière dont je tiens l'arme, il se rendrait compte que mes doigts se trouvent à mille lieues de la gâchette, de peur de l'effleurer.

– Le problème que je me pose en ce moment peut se résumer ainsi : « M. Polaris est-il, oui ou non, capable de tirer ? » Étant spécialiste d'une science inexacte et connaissant les turbulences imprévisibles de l'âme humaine, je ne prendrai pas le risque de répondre par la négative à une question, pour moi, aussi essentielle. Je vous remets donc ce que vous réclamez.

Victor sort la Hamilton de sa poche et me la tend ostensiblement. Je le laisse un instant dans cette ridicule posture, évoquant celle d'un pêcheur qui pose devant l'objectif, une maigre sardine au bout des doigts.

Puis, délicatement, je récupère mon bien, encore tiède des émotions de son ancien propriétaire.

– Maintenant, il vous faudra vivre avec le doute, monsieur Polaris. Ce doute qui vous tenaillera chaque matin lorsque vous attacherez ce bracelet à votre poignet, ce doute qui vous fera vous demander si cette Hamilton a bien appartenu à Kennedy, ou si, au contraire, comme vous l'avez vous-même suggéré précédemment, elle n'est que l'une des multiples répliques que je serre dans mon bureau, afin de pouvoir, lorsque le cas s'y prête, stimuler le désir de quelques rêveurs neurasthéniques dans votre genre. En d'autres termes, chaque fois que vous consulterez l'heure sur ce cadran, vous serez confronté à cette interrogation sans doute plus insidieuse et dévorante qu'il n'y paraît : « Suis-je en train de me soigner ? Suis-je le jouet d'une habile manœuvre thérapeutique ? » Voler cette montre, cher ami, c'est avant tout s'approprier l'incertitude.

– Allongez-vous sur le divan.

– Décidément, cher monsieur Polaris, vous ne m'aurez rien épargné.

Sitôt sorti de la maison de Kuriakhine, je me mets à courir à toutes jambes. Je ne suis pas un cambrioleur qui s'échappe, mais un homme pressé de fuir son passé, qui fonce vers une nouvelle vie.

J'ai cette même vigueur, ce même courage qu'au temps de ma jeunesse.

Je ne ralentis pas, je ne regarde pas en arrière, je serre la montre dans ma main. Bientôt, mon nom sera gravé à côté des initiales du président.

J.F.K./Polaris.

Kennedy et moi.

En arrivant à la maison, j'étais hors d'haleine. Je me suis précipité à la cuisine pour boire un grand verre d'eau avant de prendre une longue douche. En sortant de la cabine gorgée de vapeur, j'ai eu réellement l'impression d'être un autre homme, d'avoir définitivement tourné une page de ma vie.

Avant que ma famille ne rentre, j'ai enterré profondément le revolver, puis, comme au bon vieux temps, jusqu'à la nuit tombée, j'ai tondu la pelouse dans le jardin.

A son retour, souriante, les bras croisés, Anna m'a regardé un long moment tourner sur ma machine. L'air cristallin embaumait l'herbe coupée. Nos enfants étaient devenus des adultes. A ma montre, il était exactement 19 h 30.

Nous avons fini de prendre notre dîner, et je viens d'annoncer à Anna mon intention de me remettre au travail.

Elle me prend dans ses bras.

J'ai envie qu'il se mette à pleuvoir et que le gazon pousse.

Water, water everywhere and not a drop to drink.

Il est un peu plus de minuit. Je suis assis à mon bureau.

J'ai posé la montre à plat sur la table, de façon à pouvoir admirer le petit œil noir du remontoir.

J'ai déjà mémorisé le numéro de série : 22432672.

J'allume une Peter Stuyvesant, paquet souple.

J'ai l'impression d'avoir la poitrine remplie de grillons.

La première phrase me vient tout naturellement : « Hier, j'ai acheté un revolver. »

SOCIÉTÉ NOUVELLE FIRMIN-DIDOT AU MESNIL-SUR-L'ESTRÉE (3-99)
DÉPÔT LÉGAL : SEPTEMBRE 1997. N° 32365-2 (46270)